2022 오늘의 좋은 시

오연경 · 김지윤 · 맹문재 엮음

TODAY'S GOOD POEMS 2022

오연경 · 김지윤 · 맹문재 엮음

2022 오늘의 좋은 시

책을 내면서

2021년에 간행된 문예지에 발표된 시작품들 중에서 72편을 선정해 수록한다. 다양한 제재의 작품들 가운데 코로나19의 상황을 담은 시들이 눈길을 끈다. 2019년 12월 이후 전 세계적으로 확산되어 여전히 팬데믹으로 진행되고 있기에 시인들은 시대인들이 겪고 있는 고통과 불안을 반영한 것으로 보인다. 2014년 4월 16일에 일어난 세월호 참사를 담은 작품들도 눈길을 끈다. 사건이 일어난 지 8년이 지났지만, 기억의 의무를 다하겠다는 시인들의 마음과 연대 의식은 여전히 살아 있다.

이 선집에서는 예년과 마찬가지로 작품의 완성도를 기준으로 삼았지만, 우리 시단의 양상이 매우 다양하기에 제대로 선정했다고 장담할 수 없다. 좋은 작품을 모두 수록하지 못한 점을 아쉽게 생각한다.

이 선집은 작품의 우열을 가리기 위해 엮은 것이 아니라 우리 시단의 지형도를 살펴보기 위한 것이다. 따라서 이 선집 외에 다양한 선집들이 간행되기를 기대한다.

이번 선집에는 오연경 문학평론가와 김지윤 문학평론가가 엮은이로 함께했다. 지난 선집까지 함께했던 임동확 시인과 이혜원 문학평론가의 수고로움에 감사의 인사를 드린다.

이 선집의 엮은이들은 책임을 다한다는 취지에서 작품마다 해설을 달았다. 필자의 표기는 다음과 같다.

오연경=a, 김지윤=b, 맹문재=c

2022년 2월 28일 현재 전 세계 코로나19의 누진 확진자 수가 4억 2천만 명을, 사망자가 591만 명을 넘어섰다. 일찍이 경험해보지 못한 이 팬데믹 상황 속에서 좋은 시를 쓰고 있는 시인들에게 응원의 인사를 드린다.

2022년 2월

엮은이들

차례

2022 오늘의 좋은 시

큐브

강성은

밤에 산책을 할 때면 죽은 개가 따라온다 어쩌면 죽지 않은 개인지도 모르지만
개의 유령이 멍멍 짖는다
고로 나는 존재한다

봄이 오거나 가을이 와도
줌 화면 속 28명의 얼굴들
여름이 오거나 겨울이 와도
그들은 각자의 큐브 속에 있다

일정은 취소된다
약속 시간도 약속 장소도 약속한 사람도
약속한 신도 약속한 죽음도

정원의 이끼들이 자란다 난폭하고 고요하고 축축하게
거리에 사람들이 쏟아져 나왔다 일순간 사라진다
태양이 사라지지 않고 비가 그치지 않고
공포와 불안과 절망이 제멋대로 건반을 두드린다
나무에 매달린 과일은 영원히 익지 않는다

나는 가끔 죽었다 살아난다
큐브 속에서

너무 오래 앉아 있다 책상의 유령처럼

나무를 흔들어 떨어뜨린 과일을 마구 삼키다
다시 뱉는다
고로 존재한다 나는

(『문학과사회』 2021년 가을호)

나무를 흔들어 떨어뜨린 과일을 마구 삼키다 다시 뱉는다
고로 존재한다 나는

종종 현대인의 존재론적 양상을 대변해왔던 '유령'은 팬데믹 이후 그야말로 보편적인 경험적 실제를 획득한 것 같다. 상징이나 비유를 넘어 유령처럼 살고 있다는 물리적 실감이 우리를 지배하고 있기 때문이다. 인간의 존재 방식을 근거 짓던 것들이 더 이상 예전과 같이 작동하지 못하게 되면서 우리는 토대 없는 삶에 내던져졌다. "일정은 취소된다"라는 평범한 진술은 시간, 장소, 사람과 같은 물적 토대뿐 아니라 신이나 죽음 같은 사유 체계도 흔들리는 현실, 약속된 것들이 작동하지 않는 '일상의 취소'를 단적으로 말해준다. 정원의 이끼들이 자라는 모습을 묘사한 "난폭하고 고요하고 축축하게"는 비일상적인 일상에 서서히 잠식당하고 있는 우리의 삶을 묘사하고 있는 것만 같다. 계절은 변하고 태양도 그대로이지만 '고로 나는 존재한다'라고 증명할 수 있는 근거 없이 우리는 "각자의 큐브 속에 있다". "공포와 불안과 절망"이 혼재하는 큐브 속의 나는 "가끔 죽었다 살아"나는 "책상의 유령"인지도 모른다. "나무에 매달린 과일은 영원히 익지 않는다"는 것은 어떤 결실도 맺지 못하는 정지된 시간을 말한다. 그렇다면 "나무를 흔들어 떨어뜨린 과일을 마구 삼키다/다시 뱉는" 행위는 정지된 시간을 억지로라도 움직여 일상을 재현해보려는, 그렇게 해서라도 "고로 존재한다 나는"이라고 단언하려는 몸부림일 것이다. 큐브 속 존재에 대한 시인의 성찰은 일상과 비일상이 뒤바뀌고 존재와 비존재의 상태가 뒤섞인 팬데믹 시대의 불안을 보여준다. (a)

꽃잎 한 장

— 운조의, 현(絃)을 위한 바르… 아홉째 가락

강은교

꽃잎이 시들어 떨어지고서야 꽃을 보았습니다
꽃잎이 시들어 떨어지고서야 꽃을 창가로 끌고 왔습니다
꽃잎이 시들어 떨어지고서야 꽃을 마음 끝에 매달았습니다

꽃잎 한 장 창가에 여직 남아 있는 것은 내가 저 꽃을 마음 따라 바라보았기 때문일 것입니다
당신이 창가에 여직 남아 있는 것은 당신이 나를 마음 따라 바라보았기 때문일 것입니다
흰 구름이 여직 창틀에 남아 흩날리는 것은 우리 서로 마음의 심연에 심어졌기 때문일 것입니다

바람 몹시 부는 날에도

(『창작과비평』 2021년 가을호)

꽃잎이 시들어 떨어지고서야 꽃을 보았습니다
꽃잎이 시들어 떨어지고서야 꽃을 창가로 끌고 왔습니다

꽃잎이 시들어 떨어지고서야 우리는 없는 꽃을 바라본다. 어쩌면 침묵은 언어의 한 종류이고, 부재는 존재를 드러내는 또 하나의 방법인지 모른다. 꽃이 시들어 떨어진 후에도 창가에 꽃잎 한 장이 남아 있는 것을 시인은 놓치지 않는다. 그것을 눈여겨보는 것이 시인의 마음이다. 부재의 자리에도 기억이 남아 있어 마음에 공간을 만든다. "꽃잎이 시들어 떨어지고서야 꽃을 마음 끝에 매달았습니다"라고 말하는 이유다.

기억은 각자의 페이지에 서로 다른 자국을 남긴다. 그러므로 "당신이 나를 마음 따라 바라보"는 것과 "내가 저 꽃을 마음 따라 바라보"고 당신을 생각하는 것은 다를 수 있다. 그러나 서로가 상대에게 남긴 흔적은 같은 울림으로 공명한다. "흰 구름이 여직 창틀에 남아 흩날리는 것"을 볼 수 있는 것은 이러한 기억의 이끌림 때문이다. "서로 마음의 심연에 심어졌기 때문"에 이것들은 뿌리를 가지고 있다. 뿌리는 점점 더 아래로 뻗을 수 있고, "바람 몹시 부는 날에도" 존재를 붙들 수 있다. 그것은 바람에 흩날리면서도 정녕 사라지지는 않는다. (b)

포춘 텔러

강은진

누가 나에게 천사라고 했는데
나는 그걸 전사로 읽었다

막 싸우러 나가려던 참이었던가

여행지에서 보았던 천사는 거대했고
눈동자가 없었으며
긴 칼을 높이 들고 있었다

전사 같은 천사와
천사 같은 전사는
한쪽은 죽이고
한쪽은 죽는 편

천사와 전사 사이
오독과 오타 사이
따뜻한 우유 한 잔을 둔다

그건 세상에 악수들이 있는 이유이자
점술가가 운명을 말해주는 방식

당신은 작은 불

차갑고 캄캄한 곳에서 홀로 타는 불

손이 늘 뜨거운 데에 이유가 없다는 걸 알았더라면
차갑고 캄캄한 것들을 양손에 움켜쥐고
촛농처럼 막무가내로 녹아버렸을 거야

천사도 전사도 싸우도록 태어났으니
뭐하고든 싸워야만 하고
오독과 오타는 발생적으로 같은 것일지도

왜 모든 차에 우유를 섞어 마시는지
왜 지나온 자리마다 타버린 자국들인지
생각 속에 갇혔던 마음이 조금 떠오른다

기도를 칼처럼 휘두르지 않으면 살 수 없는 사람들이 있다

(『현대시』 2021년 11월호)

당신은 작은 불
차갑고 캄캄한 곳에서 홀로 타는 불

'천사'와 '전사' 사이는 얼마나 멀고도 가까운 것인가. 두 단어는 의미론적으로 거의 반대편에 있다고 볼 수 있지만, 그 형태의 유사성으로 인해 오독이나 오타가 쉬운 만큼이나 운명에 대한 비유로 사용될 때에는 의미론적으로도 가까워진다. "천사도 전사도 싸우도록 태어났으니" "뭐하고든 싸워야만" 한다는 점에서 둘의 운명은 비슷한 것이 아닌가. "전사 같은 천사"로 살거나 "천사 같은 전사"로 살거나, 죽이는 편에 서거나 죽는 편에 서거나, 운명이 둘 중 하나 또는 그 사이 어디 즈음에 놓이든 삶은 치열하고 지독한 것일 수밖에 없다. 그러니 '천사'를 '전사'로 오독하고 '전사'가 '천사'로 오타 나는 일은 운명의 양상을 재현하고 있는 것이다. 점술가가 직설적 화법 대신 비유를 선택하는 이유도 여기에 있다. 운명의 해석에서 오독이 허용될 때 삶은 자기 예언적인 것이 되지 않겠는가. 그렇다면 포춘 텔러의 본질은 말의 내용 자체가 아니라 "운명을 말해주는 방식"에 있는 것인지도 모른다. 극단의 온도 사이에 "따뜻한 우유 한 잔"을 두는 것처럼 당신의 운명에 대해 "*차갑고 캄캄한 곳에서 홀로 타는 불*"이라고 말해주는 것. 이 따뜻한 비유 덕분에, 오독도 오타도 가능한 여지 때문에 "지나온 자리마다 타버린 자국들"을 이해할 수 있게 된다. "기도를 칼처럼 휘두르"며 살아온 삶이 형태를 입고 해석을 얻고 위로를 받아 자신의 운명과 화해하게 해주는 포춘 텔러. 그가 운명을 말해주는 방식은 시의 언어와 닮아 있다. (a)

손톱달

공광규

단풍나무도 벚나무도
화살나무도 산수국도 아직 잎을 내지 않은
제천 주론산 이른 봄
리솜포레스트 리조트 연못에는
벌써 이틀째 개구리가 운다
오래된 소나무와 전나무가 푸른 계곡에
별장이 들어선
지붕 위로 별똥별이 쏟아지는 산등성이
창밖에 음력 초닷새 손톱달이 떠 있다
예쁜 손톱을 가졌던
먼저 별이 된 사람을 생각하다가 그만둔다
그는 죽어서도 나를 할퀴고 있다
바위와 고개가 많은 이곳 계곡에는
하늘바람쥐와 오색딱따구리도 있고
고라니와 꽃사슴도 있다는데
그가 없는 밤이니
어제도 오늘도 나와 놀아주지 않는다
그가 없는 봄이니
바위 아래 핀 수선화도 부연 바위취 군락도
빈 가지에서 우는 새소리도
모두 소용없게 되었다

(『한국동서문학』 2021년 여름호)

지붕 위로 별똥별이 쏟아지는 산등성이
창밖에 음력 초닷새 손톱달이 떠 있다

위의 작품의 화자는 리조트의 창밖으로 떠 있는 "음력 초닷새 손톱달"을 바라보다가 한 사람을 그리워한다. 예쁜 손톱을 가졌던 사람이었는데, 지금은 별이 되어 있다. 화자는 그 사람이 "죽어서도 나를 할퀴고 있다"라고 고백할 정도로 그와 인연이 깊다. 화자는 그 사람을 생각하다가 그만둔다. 그 이유는 그가 돌아올 수 없다는 것을 잘 알고 있기 때문이다. 그렇지만 화자가 그에 대한 생각을 끊는다고 해서 그리움을 지울 수 있는 것은 아니다. 그것이 사랑이다.

사랑이란 다른 사람을 그리워하고 좋아하는 마음이다. 그러므로 존재하지 않는 인연에 대한 마음은 애틋할 수밖에 없다. 다시 만나지 못하는 운명으로 인한 슬픔에 가슴이 할퀴어지는 것이다. 김소월 시인이 "산산이 부서진 이름이여!/허공중에 헤어진 이름이여!/불러도 주인 없는 이름이여!/부르다가 내가 죽을 이름이여!"(「초혼」)라고 애타게 부른 것도 그 모습이다. 화자가 "그가 없는 봄이니/바위 아래 핀 수선화도 부연 바위취 군락도/빈 가지에서 우는 새소리도/모두 소용없게 되었다"고 절망하는 것도 그러하다. 음력 초닷새의 손톱달은 가늘지만, 그것을 바라보는 화자의 마음은 점점 부풀어 오른다. 그것이 사랑이다. (c)

오실로스코프

권위상

1.

사내가 왔다가 갔다 낯선 사내가 왔다가 두리번거리다 돌아갔다 같은 생김새의 사내가 또 왔다가 같은 형태를 반복하며 돌아갔다 비스듬한 얼굴과 일자형 뒷머리를 한 아랍형 사내 그가 오지 않으면 모든 역사는 종료된다 슬픈 음악과 슬픔이 가득 찬 행위가 시작되리라 오실로스코프

무단횡단 하는 자를 피하려 밟은 스키드 마크의 펄스
지구의 한쪽을 쓸어담는 태풍의 펄스

2.

사내가 나를 스칠 때 펄스는 순간적으로 널을 뛰었다 무수한 빗금의 파형들 심장은 요동치고 역류하는 피에 가속도가 붙는다 파형은 흐트러지고 비상벨이 울린다 그사이 그 사내는 돌아가버렸다

끊어졌다 붙었다 불안하게 펼쳐지던 대낮 갑자기 게릴라 소나기가 퍼붓는다 혀 밑에 온도가 끓어 넘친다 낯선 문자가 쏟아지고 온몸을 떤다
숨을 고르자 비로소 뚜벅뚜벅 걸어오는 첨두치

엎어져 이마를 찧을 듯, 어머니의 굽은 등 같은 펄스가 걸어나온다 해를 본 적이 없는 어머니는 입관해서야 비로소 등을 폈다 우두둑 인고의 파형을 깨뜨리는 펄스

(『시에』 2021년 겨울호)

무단횡단 하는 자를 피하려 밟은 스키드 마크의 펄스
지구의 한쪽을 쓸어담는 태풍의 펄스

"오실로스코프"는 "전압이나 전류 따위의 시간적 변화가 빠른 현상을 직접 눈으로 관찰하는 장치"이다. 일정 기간 전류의 변화를 곡선으로 나타내는 장치로 심전도 검사기를 대표적인 예로 들 수 있다.

위의 작품에서는 "오실로스코프"에 나타난 아주 짧은 시간 동안 흐르는 전류인 "펄스"를 "사내"로 비유하고 있다. 예를 들어 심전도 검사를 할 때 "펄스"의 모습을 "사내가 왔다가 갔다 낯선 사내가 왔다가 두리번거리다 돌아갔다 같은 생김새의 사내가 또 왔다가 같은 형태를 반복하며 돌아갔다"라고 묘사하고 있는 것이다. 이와 같은 비유 자체도 눈길을 끌지만, "그가 오지 않으면 모든 역사는 종료된다"는 화자의 인식이 주목된다. 곧 우리의 심장이 뛰지 않는다는 것은 그가 오지 않는다는 것이다. 그렇게 된다면 "슬픈 음악과 슬픔이 가득 찬 행위가 시작"될 것이다.

화자는 "펄스"가 오지 않는 것을 "어머니"의 정황을 통해 경험했다. 유한한 존재에게 삶과 죽음이란 한순간의 일이다. 우리에게 주어진 순간이란 영원한 시간이다. (c)

자가격리 시대의 시

권창섭

“짧고 굵게 살 거야?
아니면 가늘고 길게 살 거야?”
벌컥 문이 열리고요
그대가 물어보죠
변기에 앉은 사람에게,
저런 질문을 하는 거죠
‘살’을 제법 세게 발음한 것 같은데
실례인 줄도 모르는 거죠
그대는 일찍 목숨을 끊었다고요
저는 아직도 숨이 붙어 있고요
바지를 내릴 때마다 이런 일이 일어나는 건
누구에게도 경찰에게도
말할 수 없는 일이라서요
쌓여갈 뿐입니다
쌓일 수밖에 없는 일이라서요
막힌 것 같습니다
가슴이 답답하고요 말문이 갑갑해서요
혼자일 땐 너무나 많은 걸 뱉어내게 되어서요
아무리 물을 내려도
그득 쌓인 것들은 내려갈 줄 모르고요
치밀어 올라오는데요
넘쳐흐르는데요
몸이 될 수 없던 것들이

몸 밖으로 터져 나오는데요
장관이고요 가관인데요
이딴 꼴을 누구에게 보여줄 수 있습니까
이러다 우는 꼴을 누구에게 보여주냐고요
“너 정말 이렇게까지 사는 거야?”
눈치도 없이 당신은 또
내게 이딴 걸 묻는데요
“사”를 제법 세게 발음한 것도 같은데
저는 어떤 답도 하지 않는 거죠
냄새만 나는 거죠
꾹꾹 참아 억누른 게
터져버리면 혼자 그저 우는 거죠
짧고 굵든, 가늘고 길든
산산이 부서져버린 것들
이게 말이야, 똥이야
혹은 둘 다인 거야
이런들 저런들
흘린 것들은 넘친 것들은
닦고 버려야 하는 거죠
그러다 역겨워 토하는 거죠
대체 이런 걸 누구에게 보여줍니까
누구에게 말할 수 있냐고요
예의가 아니잖아요

그저 나 혼자 화장실일 때만 이러는 겁니다
그저 압축기로 열라 쑤신다고요
질문이 배수구로 확 빨려 들어갈 때까지
귀신이 저승으로 확 돌아갈 때까지
자꾸만 역류하는 변기가,
쏟아낼 게 많은 사람이,
뭘 만나면 이렇다고요
아주 맨날 치밀어 오른다고요
남들이랑 있을 때 말고요
아 그냥 저 혼자 있을 때 말예요
저 문밖으로만 나가도, 나 이러지 않는다고요

* 2022학년도 서울예술대학교 문예창작과 수시 전형 실기고사 운문 부문 시제

(『자음과모음』 2021년 겨울호)

짧고 굵든, 가늘고 길든
산산이 부서져버린 것들

'자가격리'는 코로나19 방역 정책으로 최근 우리에게 익숙해진 용어이다. 그런데 시인은 '스스로를 집에 가두어 사회로부터 격리시킨다'는 말뜻에 착안하여 전혀 다른 이야기를 풀어놓는다. 문예창작과 대입 실기고사에서 제시된 '자가격리 시대의 시'라는 시제는 너무 진지해서 어딘지 우스꽝스러운 데가 있는데, 시인은 오히려 금기와 언어유희와 직설적 화법을 통해 우스꽝스러움을 전면화하는 전략으로 현실에 대한 날카로운 통찰을 보여준다. 변기에 앉아 있는 화자에게 죽은 사람이 찾아와 도발적인 질문을 던지는 장면으로 시작하는 이 시는 사는 일과 싸는 일, 싸는 일과 쓰는 일의 꽉 막힌 상황을 리드미컬한 구어체의 입담으로 비틀고 있다. 화장실에서 바지를 내리는 일처럼 누구에게도 말할 수 없는 일, 누구에게도 보여줄 수 없는 일, 그래서 "쌓일 수밖에 없는 일", 그렇게 쌓이고 막히고 억눌리다 치밀어 올라 넘쳐흐르는 일, 마구 역류하여 쏟아지는 일, 그러나 "남들이랑 있을 때 말고" "저 혼자 있을 때"에나 일어나는 일들이 수다스러운 혼잣말로 끓어오른다. 억눌린 채 치밀어 오르는 저 폭발 직전의 상태는 "정말 이렇게까지 사는" 건가 싶게 숨만 붙어 있는 위태로운 삶, 죽은 사람 말고는 누구와도 소통하지 못하는 존재의 격리, 자가격리 시대 우리의 병든 내면일 것이다. (a)

에우리디케

김경인

나는 얼마나 멀리 있는 걸까요
둥근 무늬로 두근거리던 나무 테두리로부터
흰 모슬린 커튼처럼 부드러운 빛으로
나를 바라보는 당신의 눈으로부터
가득한 두 손 흘러넘치던 치맛자락
풍성한 꿈, 그 가지런한 주름으로부터

올페여, 나를 연주하지 마세요
나는 나에게서 버려진 악기,
검게 물결치는 강의 입술이 흘려보내는 희미한 글자랍니다

시간의 연한 뒤꿈치는 스스로 잘랐죠
슬며시 내 곁에 선, 조그맣고 차가운 고통 옆에 주저앉히려고요
눈은 이제 죽은 이들의 고독한 창문을 향해서만 열려요

나는 슬픈 뱀처럼 길을 끌고 다녀요
밤하늘을 헤아려 내일을 점치는 대신
우울한 낯빛으로 평생 뒤척이는 흙을 어루만집니다

이곳엔 갈 곳 없는 울음들뿐
작디작은 포자로 떠다니다가
누군가의 습기 가득한 생에 내려앉아
텅 비고 메마른 얼굴마다 번질 때

한꺼번에 흐느끼는 음악을 듣기 위해
나는 여기저기 버섯처럼 돋아나는 귀를 주워요

당신은 딱 한 번 뒤돌아보는 자
슬픔으로 절룩이게 나를 등 뒤에 두세요
내가 디디는 세계가 깊이 저물 때까지

올페여,
당신과 나는 영원히 등을 맞대고
각자의 방향으로 내달리는 음계
나는 기꺼이 사라지는 당신의 악기

나는 나로부터 겨울입니다
눈보라로 흐느끼며 떠돌아요
누군가의 뺨에 얼룩질 차가운 눈송이
나는 끝내 아름답지 않을 노래

(『시와사상』 2021년 여름호)

누군가의 뺨에 얼룩질 차가운 눈송이
나는 끝내 아름답지 않을 노래

"노래란 존재이며, 신으로서는 손쉬운 것이다./하지만 우리는 언제 '존재' 할 것인가. 그리고 언제 '신'은/대지와 별을 우리의 존재에 내려줄 것인가." 라이너 마리아 릴케는 『오르페우스에의 소네트 I .3』에서 이렇게 썼다. 김경인의 시 「에우리디케」는 그리스 신화에 나오는 물의 정령이자 오르페우스의 아내인 에우리디케를 시적 화자로 하고 있으면서 오르페우스와 그가 상실한 에우리디케라는 신화적 설정을 통해 예술의 본질에 대하여 사유한다. 그리스 신화의 오르페우스다. 오르페우스는 죽은 아내 에우리디케를 찾기 위해 저승까지 내려가지만 그녀를 데리고 오며 금지된 행위—뒤를 돌아보는 행동—때문에 아내가 어둠 속으로 다시 빨려 들어가는 모습을 지켜볼 수밖에 없었다. 오르페우스에게 에우리디케는 상실했기 때문에 더 갈구하게 되는 존재이다. "검게 물결치는 강의 입술이 흘려보내는 희미한 글자"를 향한 것이 시인의 갈증이라면 그의 목을 축이는 것은 눈물, "갈 곳 없는 울음들"이 될 수밖에 없다. 에우리디케가 오르페우스의 등 뒤에 있는 것처럼 시인이 갈구하는 이미지는 늘 보이지 않는 곳에서 시인을 따라온다. 그러나 결국 오르페우스가 에우리디케를 어둠 바깥으로 꺼내는 데 실패하듯, 이미지와 근접해지는 순간 그것을 잃어버리는 것이 시인의 운명이다. "끝내 아름답지 않을 노래"가 되는 이유는 그것이다. 모리스 블랑쇼는 『문학의 공간』에서 오르페우스에게 있어 에우리디케란 환영이며, 예술의 극단에 대한 비유라고 말했다. 신이 우리에게 노래라는 존재와, "대지와 별"을 내려줄 것을 희망하며 시인은 시를 쓴다. 그것이 환영에 불과할지라도, 계속해서 실패하는 게 그의 숙명이더라도. (b)

잠드는 법을 배우다

김경후

길고양이를 길들이지 말 것
그 길이 아닙니다

곧 길을 파헤치러 굴착기가 옵니다
뻗은 아스팔트보다 왜 부서진 돌들이 더
왜 빛납니까

통유리창 들고 땡볕을 헤매는 길
그 길이 아닙니다
눈에 비친 나보다 크고 깊은 길을 보는 나를
유리창 속에서 보는 나를 낑낑
헤맵니다 그 길이 아닐걸요

죽은 새들의 노래로 만든
길
죽은 새를 물고 가는 고양이들
죽은 길

그 길을 잠으로 만드는 마법사의 유리창을
끼우러 갑니다
이 길이 아닌데 부서진 길들만 빛납니다

(『현대문학』 2021년 8월호)

이 길이 아닌데
부서진 길들만 빛납니다

이 시에서의 '길'은 "죽은 새들의 노래로 만든/길"이며 그 노래가 사장(死藏)되어 있는 길이다. 날개가 있는데도 죽을 때까지 그 길에서 벗어나지 못했던 새들은 "죽은 새를 물고 가는 고양이들"에 의해서만 다른 곳으로 옮겨진다. 그것은 "죽은 길"이라고 시인은 말한다. "뻗은 아스팔트"길은 신호등과 도로교통법에 의해 규율되어 있는 길이다. 이런 길은 축척과 방위가 정해져 있고 지명이 표기된 '지도 위의 길'로, 분명한 위치에 고정되어 길게 뻗어 있다. 이러한 아스팔트는 더 매끈하고 고르게 만들어지기 위해 굴착기로 파헤쳐진다. 시인은 그 공사 현장을 보며 깔끔하게 뻗어 있는 아스팔트길보다 부서진 돌들이 더 빛난다고 느낀다. 시인은 시 속에서 "그 길이 아닙니다", "그 길이 아닐걸요"라고 반복해서 말한다. 이러한 부정과 반문이 여러 번 반복되며 이 길은 점점 더 의심스러워진다. 시적 화자는 "통유리창 들고 땡볕을 헤매는" 행위를 통해 "눈에 비친 나보다 크고 깊은 길을 보는 나를/유리창 속에서 보는 나를" 인지하게 된다. 예속되지 않는 진정한 자신을 찾으려는 이러한 노력으로 인해 이것은 "마법의 유리창"이 된다. "죽은 길"은 '잠'으로 전환된다. 죽음과 달리 '잠'은 일시적인 것이고 언제든 깨어나는 것이 가능하다. "죽은 새"가 아닌 잠든 새가 되기 위해 시인은 잠드는 법을 배우려 한다. '잠'은 꿈을 꿀 수 있게 해준다. 이 시는 경로가 설정되어 있는 유일한 길이 아닌, 어디로든 갈 수 있는 수많은 '길 아닌 길들'을 상상한다. "이 길이 아닌데 부서진 길들만 빛납니다"라고 시인은 쓴다. 부서져서 작은 조각이 된 길들은 파편이 되어 자유로워진다. (b)

나뭇잎 선물

김복희

비,
나뭇잎 흔들리는 것과

바람,
나뭇잎 흔들리는 것은 다르다

어느 날
어느 바람 어느 비도 없는 긴 날
흔들리는 나뭇잎을 만나게 된다면
나는 흔들릴 것이다 생각에 빠져 걸음을 멈출 것이다
짐처럼 나를 전부 내려놓고 잠시

나의 정수리보다 위를 나의 발바닥보다 아래를
가늠하면서 겨누어 보면서 사람들 보라고
떨릴 것이다 말하면서 비유를 해볼 것이다

안개 같은 빗줄기
입김처럼 짧은 바람
내 최초의 친구
최초의 사랑
최초의 저주

어떤 생각에는 바람이 잦고

어떤 생각에는 비가 많다

이 선물에 대해
생각해볼 것이다

(『시인수첩』 2021년 가을호)

어떤 생각에는 바람이 잦고
어떤 생각에는 비가 많다

삶에 들어와 평온을 깨고 일상을 흔들어놓는 것들은 종종 비슷해 보인다. 우리가 '흔들림' 자체에만 너무 집중하기 때문이다. 그러나 삶의 길목에서 돌연히 마주치게 되는 것들이 우리 삶을 흔드는 방식은 다양하다. "비,/나뭇잎 흔들리는 것과//바람,/나뭇잎 흔들리는 것은 다르다"는 사실을 이해하지 않으면 우리는 사람들의 많은 경험과 생각들이 서로 다른 층위를 가지고 있다는 것을 잊게 된다. "어떤 생각에는 바람이 잦고/어떤 생각에는 비가 많다". 그러니 흔들림 자체보다 '어떻게' 흔들었는지가 훨씬 더 의미 있을 때가 많다. 설사 미세한 차이라고 해도 그것을 구분하는 일이 중요하다는 것을 시인은 알고 있다. 그 '차이'를 발견하기 위해 숨죽이고, 귀를 기울이고 오랫동안 눈길을 준다. 심지어 시인은 "어느 바람 어느 비도 없는 긴 날/흔들리는 나뭇잎"을 만나 흔들림의 이유를 모르게 된다면, 그 비밀을 풀기 위해 자기 자신이 직접 흔들려보겠다고 한다. "생각에 빠져 걸음을 멈출 것"이며 "짐처럼 나를 전부 내려놓"을 것이라고 한다. 상대를 이해하기 위해, 나를 전부 내려놓고 상대방이 되어보는 것이다. 그것은 시를 쓰는 일과 같다. "떨릴 것이다 말하면서 비유를 해볼 것이다"라고 시인은 쓴다. 시는 시인에게 늘 "내 최초의 친구/최초의 사랑/최초의 저주"다. 바람이 불어야 공기가 움직인다. 비가 와야 세상의 목마른 것들이 목을 축일 수 있다. 시인이 세상과 함께 흔들려야 시가 흘러나온다. 시인은 "친구"이자 "사랑"이자 "저주"인 시가, '선물'이라고 말한다. 나 역시 이 선물에 대해 생각해볼 것이다. (b)

어떤 통증

김사이

끝없이 쫓기며 달리느라
절망조차 기약 없는 시간에
몸을 모시지 못하는 이들이 있다

출근했다가 퇴근하지 못한 사람들
어른이 될 수 없는 아이들
무수히 반복되는 똑같은 죽음들
죽어도 끝나지 않는 죽음들

습관처럼 침묵해도 누군가는 목소리를 내고
살아남은 나는 계속 내 무덤을 판다
그들의 피를 먹은 어느 패거리들은 거대해지고
죽은 사람은 살아 있는 사람을 탓하지 않는다

카멜레온 같은 변명들 예쁜 포장지에 싸인 반성들
수치심을 잃고 게걸스럽게 밥을 먹는다

초록이 아름다워도 단풍 들지 않는 일상
여름과 겨울이 길어지고 있다
고단한 오늘을 다행으로 사는 이들이 있다

오래전에도 훗날에도 살아가기 위해

나를 죽이는 이들이 있었다
도처에 폭력을 모시고 사는 시절이다

(『현대문학』 2021년 7월호)

카멜레온 같은 변명들 예쁜 포장지에 싸인 반성들
수치심을 잃고 게걸스럽게 밥을 먹는다

오늘날 일상의 폭력은 보다 내밀해진 양상으로 삶의 속살까지 파고들어 가시지 않는 통증을 부과한다. 시인은 삶을 살아내기 위해 폭력을 견뎌내는 사람들을 곳곳에서 목격한다. “몸을 모시지 못하는 이들”, “출근했다가 퇴근하지 못한 사람들”은 “무수히 반복되는 똑같은 죽음들”, “죽어도 끝나지 않는 죽음들”로 귀결되고 만다. 우리는 자본과 이윤의 논리, 제도와 법규의 틀에 갇혀 매번 구조적으로 반복되는 죽음을 목격해왔다. 억울하고 가여운 죽음은 죽어도 끝나지 못한 채 거리를 떠돌고, 죽어도 끝나지 않는 오해와 모욕을 뒤집어쓴다. 희생자의 피는 “어느 패거리들”의 배를 불리는 양식이 되고, 변명과 거짓 반성만 쓰레기처럼 뒹굴 뿐이다. 속도와 효율, 욕망과 성과를 좇는 현대사회는 수치심을 모르는 게걸스러움으로 비대해져간다. 그것이 여름과 겨울이 길어지는 기후 변화의 원인이지만, 기후 위기의 고통은 또다시 불평등하게 분배된다. 이 불평등한 구조의 밑바닥에는 “고단한 오늘을 다행으로 사는 이들”이 있다. 시인이 저 폭력적 세계의 희생자들을 호명한 말 중 가장 뼈아픈 것은 “살아가기 위해/나를 죽이는 이들”이라는 말이다. ‘죽어서도 거리를 떠나지 못하는 죽음’과 ‘살기 위해 죽어야 하는 삶’이 가득한 지금-여기는 “도처에 폭력을 모시고 사는 시절”, 통증의 시절이다. ⒜

컵 하나의 슬픔

김 언

컵 하나를 생각하다 보면 컵 하나의 슬픔이 보인다. 보이다가 안 보이는 슬픔도 보인다. 슬픔은 담겨 있다. 컵 하나가 있으면 컵을 둘러싸고 맺히는 물방울도 슬픔의 모양으로 둥글고 슬픔의 자세로 흘러내리고 슬픔의 말로가 되어 말라가는데 말라붙는데 컵 하나는 덩그러니 컵 하나는 엉뚱하게 컵 하나는 재질과 상관없이 컵 하나의 모양과 자세와 성정까지 다 담아서 슬픔의 기둥으로 슬픔의 웅덩이로 슬픔의 틀린 말로 슬픔의 그릇된 호명으로 계속해서 네 네 대답하는 슬픔의 자동 응답기처럼 컵이 있다. 하나가 있고 둘이 있고 셋이 있어도 컵은 컵이고 슬픔은 안 보인다. 안 보이는 게 차라리 나았다 싶을 정도로 흘러넘치는 슬픔을 한 잔 따르고 두 잔 따르고 세 잔째는 이미 폭탄처럼 이것저것 다 들어가서 어지러움을 동반하고 언제 쓰러져도 이상하지 않을 컵 하나의 용도는 계속 슬픈 것. 계속 슬프라고 서 있는 것. 아니면 진작에 쓰러졌을 내가 무슨 정신으로 서 있겠는가. 비우자고 서 있다. 계속 따르라고 컵이 있다.

(『현대문학』 2021년 3월호)

컵 하나를 생각하다 보면
컵 하나의 슬픔이 보인다.

이 시는 사물과 감정과 문장이 서로 연결되고 영향을 주고받고 변화를 만들어내면서 그 자체로 시적 진술이 되어가는 과정을 보여준다. 첫 문장에서 "컵 하나"는 "컵 하나의 슬픔"으로 전이되고 생각하는 행위는 보이는 행위로 이어진다. 사물이 감정이 되고 관념이 감각이 되는 일이 자연스럽게 이루어진다. 그리하여 슬픔은 '보이는 것'이 되고 '담겨 있는 것'이 되고, 컵은 자신의 모양과 자세와 성정을 다해 "슬픔의 자동 응답기처럼" 슬픔을 재현한다. 문장들을 따라가다 보면 머릿속에 덩그러니 컵 하나가 떠올라 슬픔이 차오르기 시작하는 것 같다. 안 보이던 슬픔이 보이고 "보이다가 안 보이는 슬픔"도 보이기 시작하면 컵 하나의 슬픔은 흘러넘친다. 그러다 다시 "컵은 컵이고 슬픔은 안 보인다"라는 문장을 만나면 컵은 컵으로, 슬픔은 슬픔으로 되돌아간다. 셀 수 있는 컵은 아무리 많아도 컵일 뿐이고 셀 수 없는 슬픔은 아무리 따라도 멈추지 않고 계속 흘러넘친다. 그래도 "컵 하나"라고 말할 수 있어서 계속되는 슬픔을 바라보고 따르고 서 있게 할 수 있다. "아니면 진작에 쓰러졌을 내가 무슨 정신으로 서 있겠는가"라고 말하는 화자는 주체할 수 없는 슬픔을 "컵 하나의 용도"로 견뎌내고 있는 것이다. 이 시에서 컵은 비유도 상징도 아닌 컵이라는 사물 그 자체로서 슬픔을 보이게 하고 안 보이게 하고 계속되게 하고 서 있게 한다. 이것이 바로 시인이 문장으로 하고자 하는 일이 아니겠는가. (a)

자전거를 타고 가는 하수오

김은정

오이꽃 호박꽃 등 긁어주는 초록 담장 옆에
서사시를 쓰는 만년필 촉처럼 자기를 노출한
역류성 축원 함유한 칠흑 발복의 개요

어찌 하(何), 머리 수(首), 까마귀 오(烏)

백발의 왕관을 내려놓아라!

금의환향 기마병처럼 하늘을 찌르는 사기
뾰족한 수, 연둣빛 덩굴 첫 가닥 그 야성
굴삭 물레 돌리듯 가락바퀴 자발성 무구하다.

백발의 왕관을 내려놓아라!

양성 주광 그 본성 피리 불듯 입에 물고
지표에 나란히 놓인 두 개의 고리 행성 위
미로로 가는 페가수스 안장 장착한 의자 아래
역행하는 시간의 색채 그 마술의 침출

과연 시공을 거스르는 부라보 흑발심,
티 없는 역모다.

(『푸른사상』 2021년 여름호)

과연 시공을 거스르는 부라보 흑발심,
티 없는 역모다

"하수오(何首烏)"는 마디풀과에 속하는 여러해살이 덩굴성 식물이다. 뿌리는 옆으로 뻗고, 8~9월에 하얀색 꽃이 피고, 덩이뿌리는 한약재로 쓰인다. 위의 작품에서는 "하수오"를 마치 전진하는 담쟁이처럼 그리면서, 그 모습에 새로운 의미를 부여하고 있다. "오이꽃 호박꽃 등 긁어주는 초록 담장 옆에" 모습을 드러낸 "하수오"를 "역류성 축원 함유한 칠흑 발복의 개요"로 정의하고 있는 것이다. 그리하여 "금의환향 기마병처럼 하늘을 찌르는 사기"는 물론 "뾰족한 수, 연둣빛 덩굴 첫 가닥 그 야성"을 가진 존재로 인식하고 있다. 곧 "티 없는 역모"를 시행하는 주체로 바라보는 것이다.

시인의 시 쓰기야말로 "흑발심"을 펼치는 일이다. 기존의 가치와 제도와 관습에 안주하지 않고 맞서는 것이다. 그러므로 기득권이 만들어놓은 금기 영역을 깨트리려고 하는 "서사시를 쓰는 만년필 촉"의 외침은 힘차게 들린다. "백발의 왕관을 내려놓아라!" (c)

화학 변화

김정원

내가 밥상머리에서 두 여자에게 두 번 호되게 혼나고 두 가지 버릇을 고쳤다

아주 어릴 적 아침 밥상 앞에 앉아 할아버지보다 먼저 숟가락을 든 나를 보고 어머니가 작심한 듯 꾸짖었다
"애야, 네 행동을 다른 사람들이 보면 욕한다. 버릇없는 놈, 배워먹지 못한 자식이라고. 할아버지가 숟가락을 든 다음에 네가 숟가락을 들어야 하고, 조기에 먼저 손이 가선 안 된다."
그 후로 나는 어른은 물론 친구보다 먼저 숟가락을 들거나 고기를 먹지 않았다 또한, 그들보다 먼저 숟가락을 놓고 밥상을 떠나지 않았고

혼인하고 부모를 떠나 작은 전세아파트에서 사는 어느 날, 아내가 열심히 저녁밥을 차리는데 수저통에서 내 숟가락만 챙겨 식탁 앞에 앉은 나를 보고 기막힌 듯 비꼬았다
"참 치사하네. 배려심이라곤 눈곱만큼도 찾아볼 수가 없어. 막내라서 그래?"
그 뒤로 맏딸인 아내와 아이들의 숟가락 젓가락을 먼저 식탁 위에 가지런히 올려놓고 내 것을 챙기는 나에겐

밥상머리에서 두 여자에게 따끔하게 혼난 이 두 가지 일이 가장 큰 서러움이었고, 아직껏 이보다 더 깊이 마음에 새겨 몸에 배도록 버릇을 고친 훈육도, 인성 교육도 받지 못했다

(『사람의깊이』 제25호, 2021)

내가 밥상머리에서 두 여자에게
두 번 호되게 혼나고 두 가지 버릇을 고쳤다

"화학 변화"란 어떤 물질이 처음의 성질과는 전혀 다른 새로운 물질로 변하는 현상이다. 위의 작품의 화자는 자신의 삶에서 일어났던 두 가지 사례를 소개하고 있는데, 그 우선은 어머니의 훈육이었다. 화자는 할아버지와 함께 식사를 할 때 먼저 숟가락을 들었고, 귀한 음식에도 먼저 손을 대었다. 그러자 어머니는 "버릇없는 놈"이라고 꾸짖었다. 다음으로는 아내의 나무람이었다. 결혼한 뒤 화자는 아내와 식사를 할 때 자신의 숟가락만 챙기었다. 그러자 아내는 "배려심이라곤 눈곱만큼도 찾아볼 수가 없"다고 비꼬았다.

화자는 "밥상머리에서 두 여자에게 따끔하게 혼난" 일을 마음에 새기고 자신의 버릇을 고쳤다. 예의와 배려심이 없는 자신의 행동을 올바르게 바꾼 것이다. 웃어른이 수저를 든 뒤 식사하기, 먼저 식사를 마치고 자리를 뜨지 않기, 너무 서둘러 먹거나 지나치게 늦게 먹지 않기 등의 식사 예절은 필요하다. 자존감을 가지고 어른을 공경하고, 가족을 사랑하고, 다른 사람을 배려하는 역할을 하는 것이기 때문이다. (c)

반려

김지녀

여든이 된 노인이 개와 대화를 한다
개의 이야기는 개로 태어난 억울함으로 시작되고
노인은 개가 계속 짖도록 개처럼 앉아 있다
개가 이제 짖지 않는다
아무리 짖어도 노인이 개처럼 앉아 있으므로
개는 나오질 않고 있다
노인이 침대에 눕는다
침대에 누우면 소리가 사라진 바다가 열린다
바다에서 느긋하게 헤엄을 치는 것
벽이 흐물거리도록 숨을 참고
잠수하는 것
노인은 개보다 헤엄을 잘 친다
개보다 더 오래 참고 있다
노인의 집엔 아무도 앉지 않는 의자가 셋
노인과 개가 번갈아 앉는 의자가 하나
전기 요금 명세서와 장을 본 영수증을 테이블에 내려놓고
노인은 개가 나오길 기다린다
벽을 잡아당겨본다
개가 나오질 않고 있다
그러나 노인의 이야기에서 개는 죽지 않는다
아직 할 이야기가 남았으므로
우리가 개처럼 귀를 앓고 있으므로

(『시와사상』 2021년 가을호)

아직 할 이야기가 남았으므로
우리가 개처럼 귀를 앓고 있으므로

이 시는 반려동물에 대한 이야기를 하고 있다. 그러나 관계와 '쓰기'에 대한 시라고, 의미를 확장해보아도 부족함이 없다. 노인과 개는 서로 곁을 지켜주고, '대화'도 하지만 제대로 된 소통이 이루어지는 것은 아니다. 하지만 둘은 같이 살면서 서로의 옆에서 서로를 지키고, 같은 의자에 번갈아 앉는다. 타자와의 유대는 사실 이러한 방식으로만 가능할지도 모른다. "노인은 개가 계속 짖도록 개처럼 앉아 있다". 개의 말이 전달되지 않았다 해도, "개처럼 앉아" 개가 마음껏 짖도록 기다려주는 일은 개의 말을 이해하는 것보다 더 중요한 일이다. '인간처럼'이 아니라 "개처럼"이라고 쓴 부분에 주목해보자. 타자를 이해하기 위해서는 타자의 방식을 배워야 한다. 그러나 귀를 앓고 있는 노인은 개의 말을 들을 수 없고, 개는 더 이상 짖지 않는다. 이제 노인은 개가 다시 나오기를 기다린다. 타자와의 연결은 원할 때 언제든 이룰 수 있는 일이 아니며, 우리는 종종 기약 없이 기다려야 한다. 타자의 부재는 때로 죽음처럼 느껴진다. 우리는 노력하지만, 대부분 소통에 실패한다. 중요한 것은 계속 말하는 것이다. "노인의 이야기에서 개는 죽지 않는다/아직 할 이야기가 남았으므로". 시를 읽는 우리들도 끝없는 오독의 가능성 속에서 노인처럼 귀를 앓고 있는 사람들인지 모른다. 그러나 시는 끝나지 않는다. 우리가 아직 귀 기울이고 있으므로. (b)

나의 밤은 오랫동안 불면이라

김학중

그대를 기다리는 시간은 밤이다
아름다움은 보고 느끼는 것이 아니라
도착하는 것이다 지나쳐 가는 스침이여
나를 흔들지 못하느니
이 긴 밤이 내게 이미 삶이었듯이
먼저 당신에게 눈먼 나의 삶이 밤이었듯이
기다림이 더듬어 닿은 땅의 신호들을 따라
나는 다만 걷고 걸어 걸음 속에 잠들었네
그대를 보았다는 말이 들려도 멈추지 않았네
이 걸음들 속으로 그대의 곁이 깃들도록 그렇게
나의 밤은 오랫동안 불면이라
그대의 곁을 떠난 적이 없었네
다만 음성으로 오는 순례의 신호들이여
소리는 견뎌온 세계로 삶의 무게를 견디는 것이니
밤이여 우리가 서로를 일으키는 무게였구나
그때에는 밤의 길을 따라 걸으며 모르고 있었구나
우리 스스로 깃들었네 길들의 바닥이여
이렇게 밤은 우리의 몸을 얻었구나
여기에서 우리가 시작하려 했던 것은 무엇일까
도착하는 질문이 흔드는 데로 우리는 불안을 다 맡겼으니
그대 곁에서 숨 쉬는 일들이
아무렇지도 않게 우리의 삶이었으므로
우리는 서로의 이름을 부르는 것만으로도

세계를 사랑하였으니 밤이여 따듯하여라
나의 밤은 오랫동안 불면의 노래였으니
너의 곁에서 노래는 늘 깨어
와서 너를 안을 것이다 밤이여
모든 것을 몸으로 마주하게 하는
나의 영원한 당신이여
내가 끌어안은 그대의 곁이여.

(『상상인』 2021년 창간호)

기다림이 더듬어 닿은 땅의 신호들을 따라
나는 다만 걷고 걸어 걸음 속에 잠들었네

우리는 점점 '곁'을 잃어가고 있다. 인터넷과 빅데이터는 점점 더 '큰 것'으로 우리의 관점을 옮겨놓는다. 유명인과 엘리트의 의견과 태도, 여론 조사, 글로벌 이슈 등 '큰 것'들이 더 중요해질수록 가까운 것, 곁에 있는 것들의 작은 차이들의 중요성이 낮아진다. 크고 먼 관점으로 바라볼수록 구체성을 잃고 추상적으로 되기 때문에, 우리는 "모든 것을 몸으로 마주하게 하는/나의 영원한 당신"을 사랑하는 법을 점차 잊어간다. 시인을 이러한 망각을 '잠들'어 있는 것이라고 표현한다. 망각에서 깨어나고 잠들지 않으려는 노력은 '불면'으로 나타난다. 깊은 '밤'이 순응하고 잠들 것을 요구할 때 어둠 속에서 깨어 있기란 어려운 일이다. 그러나 "노래는 늘 깨어"있어야 한다고 믿기에 그는 시인이 된다. 스쳐 지나가는 풍경은 '장소'가 되지 않는다. 어떤 공간이 특별한 의미를 가진 '장소'가 되기 위해서는 머무름을 필요로 한다. 시인은 아름다움은 "도착하는 것"이라고 한다. 그리고 그는 "기다림이 더듬어 닿은 땅의 신호들을 따라" 걷고 또 걸으며 궁극적으로 머물 수 있는 곳을 찾는다.

우리의 시대를 지배하는 인터넷과 무수한 하이퍼링크들은 끝없이 새롭게 연결되는 과정들의 연속을 제공하며, '도착'을 추구하지 않는다. 지금의 디지털 문명은 데이비드 겔런터의 말처럼 거대한 현재성(nowness)에 기반을 둔다. 비대한 현재성은 과거의 경험과 그것에서 비롯된 차이들을 누락한다. 우리가 어딘가를 지나갈 때는 '현재'만을 경험할 수 있을 뿐이다. 시간의 변화는 한 자리에 머물러 있어야만 느낄 수 있다. 누군가를 사랑하기 위해서는 그 사람 곁에 머물러 삶과 기억을 나누어야 한다. 그것은 또한 세계를 사랑하는 방식이 된다. 우리는 스쳐가며 사라져버리는 모호한 것들보다 작은 부분까지 알 수 있도록 곁에 머물러 있는 것들을 사랑한다. 세상의 어둠 속에서도 잠들지 않고, 사랑하는 이의 곁에서 "불안을 다 맡"겨놓고 이렇게 속삭여보는 것이다. "그대 곁에서 숨 쉬는 일들이/아무렇지도 않게 우리의 삶이었으므로/우리는 서로의 이름을 부르는 것만으로도/세계를 사랑하였으니"라고. 그러면 우리는 밤조차 껴안을 수 있게 된다. (b)

고스트 듀엣

김 현

창문을 열면 바다가 보이지 않는 곳에서 바다를 봅니다 어째서 옥희 씨는 거기 한 그루 감귤나무로 서 있는 걸까요 차는 아직 뜨겁고 바다는 잔잔합니다 영원히 헤어져요 우리 창문을 닫고 옥희 씨가 지닌 약점을 지도 위에 찍어보다가 한 점은 넓고 두 점은 깊고 세 점이 되어서야 비로소 푸른 약점을 이루는 삼각지대를 발견하였습니다 물애기 아님 사랑의 열매를 까서 입속에 넣어보아도 헤어져요 영원히 바다가 보이고요 옥희 씨는 아직 뜨겁고 저는 봄볕을 뒤집어쓰고 앉아 있습니다 영등할망 나가시는 날 비바람이 매서워 한 점의 연인이 창문을 열고 신비 속에서 바들바들 떨다가 섬으로 가는 배를 타고 영원히 돌아오지 않는 옥희 씨를 그들은 알지 못한다는 사실 차는 아직 뜨겁고 바다는 움직이지 않습니다 물결은 햇빛을 쫓고 파도는 햇빛을 피해 달아나지요 사랑의 굴욕성 차는 아직 뜨겁고 옥희 씨는 나무 아래 환한 얼굴 헤어져요 이것은 옥희 씨가 시를 쓰지 않는 이유에 관한 말투

고명 씨 영원히 두 번 없다는 듯이
창가에 앉아 있지 마 어두워
그런 얼굴은 싫어 개새끼야
고명 씨 어제는 오분자기뚝배기를 먹다가 혀를 데였어
우리에게 다가오는 것이
이토록 쏘핫
영원할 것 같지
고명 씨가 지도를 펼쳤을 때

영험한 약점을 보았어

너는 새끼야

가장 따뜻한 사랑의 열매를 먹기만 하는 사람

껍질이 수북이 쌓이는 줄도 모르고

사랑은 바퀴벌레래

사랑 박멸

고명 씨는 몰라

씨를 말려 죽이고 싶은 이 심사

봄볕이 드는 창가에선 그렇게 앉아 있지 마

어두운 얼굴은 싫어

뿌리는 빛을 피해 달아나고 잎은 빛을 따라가

사랑의 굴성을 네가 알까

우리가 고아 먹은 것이 우리를 저주하나니

고명아

지네는 늘 쌍으로 다닌대

한 마리는 영원히 헤매겠지

벽에서 벽으로

시간을 뚫고 창가에선

얼굴을 하지 마

벌레 같은 새끼 영원할 것 같니 고명아

사랑의 다리가 징글징글해

이것을 고명 씨에게 보냅니다

마저 고아 먹고 헤어져요
어두워요, 창가는

자기
왔어
봤어
쏘핫
난 너무 매력 있어
옥희와 고명은 박하와 소현이를 눈앞에 두고 아무것도 쓰지 않았다 창문을 열면 영험한 연인들이 우글우글 가느다란 사모의 팔다리를 흔들며 봄볕을 쬐고 있다가 한 점 두 점 석 점 바다로 기어갔다 회를 떠서 뛰어들었다 사랑의 열 길 물속 사람 속은 버린 지 오래 밖으로 나가자 싸우자 영원할 것 같지 헤어져요, 우리
자기
봤어
왔어
쏘핫
제 말이 들리시면 움직여주세요

(『자음과모음』 2021년 겨울호)

뿌리는 빛을 피해 달아나고 잎은 빛을 따라가
사랑의 굴성을 네가 알까

이 시는 2019년 『인생은 언제나 무너지기 일보 직전』(큐큐, 2019)과 이어 보면 더욱 흥미롭다. 위 책은 여러 문인들이 모여 함께 낸 퀴어 소설집인데 김현의 「고스트 듀엣」이 수록되어 있다. 이 시는 위 소설집이 출간된 지 2년 후 같은 이름으로 시인이 발표한 작품이다. 2019년 「고스트 듀엣」의 작가노트에는 "사랑을 사랑이라 말하기 이전에 투쟁이라 말해야 하는 사람들을, 존재를 존재라 말하기 전에 존재–한다, 라고 말해야 하는 사람들을" 생각하기 위한 것이 문학의 몫이라고 쓰여 있다. 그러나 소수자의 사랑으로만 해석의 폭을 좁혀 생각할 필요는 없다. "세상의 모든 짝꿍이 자유롭게 손잡을 수 있"는 세상을 꿈꾸는 것은 모든 사람들을 위한 것이기도 하다. 이 시에는 마치 한 편의 소설이나 영화를 보는 것 같은 내러티브가 있고, 음악까지 삽입된 듯 느껴진다. "쏘핫/난 너무 매력 있어"라는 후렴구는 원더걸스의 노래 〈So Hot〉을 연상시키며 반복된다. 이 시에는 내러티브가 있지만, 진행 순서나 개연성은 찾을 수 없고 사건이나 대화의 맥락도 알기 어려운 파편적 서사와 이미지로 가득 차 있어, 실제로는 탈내러티브적이다. 누구인지 알기 어려운 인물들과 뒤섞인 장면들은 뜬금없이 계속 삽입되는 음악처럼 복잡하고 어지럽게 흘러든다. 그러나 서사의 조각들이 모여 커다란 포토모자이크처럼 우리에게 보여주고 있는 것이 다름 아닌 '사랑'임을 우리는 알 수 있다. 마치 영화 〈시네마 천국〉에서 키스신만 모아 편집한 필름처럼 이 지구에 무수하게 흩어진 사랑의 장면을 모아놓은 것만 같다. 사랑하고 미워하고, 싸우고 헤어지고, 헤매며 서로를 찾는 수많은 연인들의 모습과 "영원할 것 같지"와 "헤어져요, 우리"가 공존하는 대화들. 무수한 사람들의 사랑의 모습은 다르지만 "뿌리는 빛을 피해 달아나고 잎은 빛을 따라가"는 "사랑의 굴성"은 서로 닮았다. 우리는 그 쓸쓸함을 공유하며 모든 사랑을 이해하는 법을 배운다. (b)

형용사의 영지

김혜순

작고 하얀 수족관에 담긴 엄마가
가쁜 숨으로 안타까를 움켜잡고
안타까를 갈기갈기 찢으며
안타까 안타까

내가 수족관 속으로 몸을 던지며 내 안타까를 움켜잡고
내 모든 감각이 안타까에 휘감겨
안타까에 마비되고 질식할 듯
안타까에 속수무책이 되어

나는 안타까 나는 안타까
어떡해 나는 안타까

물속에서는 눈물샘이 몸속으로 터져
피부와 내장들이 서로 헤어지는 듯 숨이 막혀
안타까에 질려서 졸려서 깔려서
발밑에선 안타까가 휘날리는 구름처럼
문밖에선 아우성치는 수증기들이 사냥개에 쫓기는 양 떼들처럼
안타까가 안타까워

마지막 들숨의 안타까가 시시각각
엄마를 자석처럼 끌어당기고
안 돼 안 돼 지금은 안 돼

하얀 천으로 서로 얼굴을 덮고
모래 속에서 피는 두 송이 흰 꽃을 저속으로 촬영한
필름 속에 있는 듯
모래시계 속에서 서로 더듬으며
그러나 시계도 없고 흰 꽃도 없고

안타까로 서로 얼굴을 감싸안으며 안타까 안타까

나는 이 안타까를 물리치고 싶은가 아니면 이것만이라도 품고 싶은가
이제 두 사람은 이 안타까에서만 만날 수 있는가?
나는 나보다 더 안타까운 안타까에 잠긴 채 소리소리 지르며
안 돼 안 돼 지금은 안 돼

왜 말이 없어? 왜 말이 없어?
이 안타까를 물리칠 단 하나의 단어가 왜 없어?

그러다가 공중에서 수족관이 열리고
안타까가 나를 수족관 밖으로
안타까의 불규칙하고 투명한 폭주
구름이 내 안팎에서 목 놓아 울고
공중에서 목이 쉰 내가 탄산수처럼 쏟아지며
인간이 아닌 목소리로
애처롭고 음울하고 멍청하게 뻐끔거리는

물고기의 숨찬 목소리로

안타까 안타까

하늘에서 빗줄기를 타고 물고기들이 쏟아지는 밤

(『현대시』 2021년 9월호)

인간의 뜻대로 되지 않는 일은 무수히 많지만 그중에서도 죽음은 불가항력적인 것이다. 특히 가까운 이의 죽음을 지켜보는 속수무책의 상태는 가장 견디기 힘든 일 중 하나일 것이다. 이 어찌해볼 수 없는 상황에 놓인 마음이야 말로 표현할 길 없는 것인데, 시인은 이 마음 상태를 '안타깝다'라는 단어가 지닌 힘으로 영토화하고 있다. 단어에도 영지(領地)가 있다면 그것은 그 단어의 에너지와 분위기와 의미망이 미치는 영역이라 할 수 있을 것이다. 시인은 '안타깝다'라는 형용사를 가져와 단어의 온전한 모습도 아닌, 문법적 독립성도 없는 "안타까"라는 형태로 변형하여 그것의 의미역을 최대한으로 확장하고 있다. "안타까"라는 낯선 형태가 주는 언어의 감각 자체에 기대어 사전적 의미를 넘어서는 마음의 영역에 닿아보려는 것이다. "작고 하얀 수족관에 담긴 엄마"와 그 "수족관 속으로 몸을 던"진 '너'는 각자의 "안타까"를 움켜잡고 그것에 휘감겨 졸리고 깔려서 숨 막힐 듯한 순간을 다투며 그것을 물리치지도 품지도 못한 채 안절부절하고 있다. 이 감당할 수 없는 마음의 일을 그려내는 과정에서 "안타까"는 애처롭게 부르는 이름이 되고, 두 사람이 잠시라도 닿을 수 있는 장소가 되고, 왜 이 죽음을 멈출 수 없느냐는 질문이 되고, "안 돼 안 돼 지금은 안 돼"라는 비명이 되고, 끝내 두 사람의 간절함을 내팽개치는 동사가 된다. 읽는 내내 호흡이 부족해지는 이 시를 따라가면 마침내 우리는 "안타까 안타까"로 가득 찬 감정의 영지(靈地)에 도달하게 되는 것이다. (a)

코로나 시대에 신은 줌(zoom)놀이를 한다

김효은

그는 걷는다. 걷는 것이 생이라고 생각하고 걷는다. 걷는 것이 생이라고 코딩된 생각을 고스란히 재생하며 걷는다. 자유로운 속도와 방향 설정이 가능하다고 믿으면서 걷는다. 그는 걸어온 신념대로 걷는다. 그는 습관대로 걷는다. 그는 내키는 대로 걷는다. 건강을 생각하며 걷기도 한다. 걷다가 벼랑에 다다른다. 지나온 길은 즉각 허물어진다. 돌아갈 수 없는 막다른 길이다. 밟는 순간 일회용으로 버려지는 길이다. 코로나19 시기에 알맞은 위생용 길이다. 다른 사람은 함께 갈 수 없는 외길이다. 매 순간 처음 밟는 길 한 번 밟으면 버려지는 일회용 길이다. 시간과 공간은 모두 불가역적으로 설정되어 있다. 앞길이 막히자 그는 사방이 절벽인 곳에 멈춰 선다. 난생처음이다. 그가 만약 자연분만으로 태어났다면 막다른 길은 이번이 두 번째라고 느낄 수도 있다. 자 이제 일시 정지, 여기서부터 멈춰선 사람의 표정과 행동을 생중계하는 게임이 시작된다. 사실 그는 한 명이 아니라 여럿이다. 모니터에는 개체 수에 맞는 줌(zoom) 창이 섬네일로 떠 있다. 사각형 안에 작은 사각형들이 다수 들어 있다. 하나의 사각형 안에는 하나의 벼랑을 마주한 한 사람이 하나의 벽처럼 서 있다. 그러한 사각형들의 집합을 띄운 거대한 모니터가 모니터 창시자 앞에 떠 있다. 한 사람은 뭉크의 절규를 한다. 한 사람은 당혹스러운 표정만 짓는다. 한 사람은 자꾸 뒤돌아보며 걸어온 방향을 후회하는 표정을 짓는다. 한 사람은 시야를 의심하며 눈을 비비거나 자꾸만 안경을 고쳐 쓴다. 한 사람은 메모지와 펜을 꺼낸다. 한 사람은 줄자와 계산기를 꺼내어 난관을 타계할 궁리와 계산에 골몰한다. 한 사람은 모든 옷가지를 벗어 동아줄을 만들기로 한다. 한 사람은 시종 무표정에 무대책이다. 한 사람은 마실 물과 식량부터 탐색한다. 한 사람은 벼랑 끝을 발로 차거나 침을 뱉는다. 한 사람은 발을 동동거린다. 한 사람은 절벽멍을 때리며 이 경치와 위기를 즐기기로 한다. 한 사람은 가파른 낭떠러지를 보면서 자위를 한다. 한 사람은 주저앉아 아픈 다리를 두드린다. 한 사람은 찬송가를 부르고 주여 삼창을 외친 뒤 무릎을 꿇고 신에게 통성기도를 한다. 한 사람은 하하하 웃기만 한다. 한 사람은 마지막 레밍쥐처럼 절벽 아래로 단호하게 뛰어내린다. 게임은 무한 재생되고 운이 좋은 사람은 태어날 때부터, 낙하산룩이나 번지점프룩을 하고 태어나기도 한다. 더 운이 좋으면 그레고리 잠자처럼 자다가 벌레로 변신하여 절벽을 기어서 내려갈 수도 있다고 한다. 한 세트의 창이 닫히고 모니터에 새로운 줌 창이 오픈 대기 중이다. 이 시는 절벽 위, 신발 한 켤레 아래 놓여 있었다. 메모지와 펜부터 꺼낸 그 사람이 쓴 것으로 추정된다. 궁금한 건 못 참는 신이 관심을 가지고 줌인을 한다.

(『현대시』 2021년 9월호)

이 시는 절벽 위, 신발 한 켤레 아래 놓여 있었다.
메모지와 펜부터 꺼낸 그 사람이 쓴 것으로 추정된다.

우리는 스스로 생각한다고 믿지만, 어딘가에서 주입된 생각을 나의 것이라고 착각할 수 있다. 알고리즘의 시대는 점점 더 스스로 생각하지 않는 사람들을 양산한다. 사람들은 삶의 길을 걸으면서 "코딩된 생각을 고스란히 재생"한다. "자유로운 속도와 방향 설정이 가능하다고 믿으면서 걷는" 그들에게 나의 생각과 "코딩된 생각"의 경계는 점점 더 흐려지고 "걸어온 신념대로 걷는" 와중에서 그 신념이 무엇인지 정확히 말할 수 없게 된다. 이유를 잊어버린 신념은 그냥 습관이 된다. 그래서 "습관대로 걷"고, "내키는 대로 걷"다 보면 결국 벼랑에 다다르게 된다. "지나온 길은 즉각 허물어진다. 돌아갈 수 없는 막다른 길이다. 밟는 순간 일회용으로 버려지는 길"이다. 이러한 길들을 제각기 걸어가는 사람들이 걷는 공간이 하나의 게임 맵이라고 생각해보자. 이 "모니터에는 개체 수에 맞는 줌(zoom) 창이 섬네일로 떠 있다. 사각형 안에 작은 사각형들이 다수 들어 있다. 하나의 사각형 안에는 하나의 벼랑을 마주한 한 사람이 하나의 벽처럼 서 있다. 그러한 사각형들의 집합을 띄운 거대한 모니터가 모니터 창시자 앞에 떠 있다."라는 것이 이 시가 상상하는 장면이다. 이 게임의 플레이어는 '신'이다. '신'처럼 강력하고 우리의 삶을 관장하며 우리의 생각과 마음속에 파고드는 존재이기 때문이다. 벼랑 앞에 서게 된 사람들은 그제야 정신을 차리고 현실을 깨닫게 된다. 그러나 그 앞에 선 사람들의 대응은 전부 다르다. 누군가는 기도하고, 누군가는 절규하고 또 다른 누군가는 후회한다. 누군가는 이 위기를 벗어나기 위해 계산을 하고 누군가는 그냥 뛰어내린다. "운이 좋은 사람은 태어날 때부터, 낙하산룩이나 번지점프룩을 하고 태어나"거나 "자다가 벌레로 변신하여 절벽을 기어서 내려갈 수도 있다." 어쨌든 게임은 무한 재생된다. 그런데 이 시의 마지막 부분에서 누군가가 남긴 흔적이 신의 관심을 끈다. 절벽 위에서 뛰어내리기 전에 그는 시를 남겨놓았다. 그는 벼랑을 만나 "메모지와 펜부터 꺼낸" 사람이다. 그는 시를 남겼기 때문에 벼랑 앞에 선 수많은 사람들과 다른 '누군가'가 된다. 시를 남긴 그는 누구일까. 그가 남긴 시는 과연 무엇일까. 그런 궁금증으로 이 시 속의 신은 '줌인'을 한다. 생의 벼랑 앞에서도 지워지지 않는 흔적을 남긴다는 것. 바로 그것이 코로나 상황에도, 어떤 위기의 시대에서도 문학이 일관되게 꿈꾸었던 일이 아닐까. (b)

가능주의자

나희덕

나의 사전에 불가능이란 없다,
그렇다고 제가 나폴레옹처럼 말하려는 건 아닙니다

오히려 세상은 불가능들로 넘쳐나지요
오죽하면 제가 가능주의자라는 말을 만들어냈겠습니까
무엇도 가능하지 않은 듯한 이 시대에 말입니다

나의 시대, 나의 짐승이여,*
이 산산조각난 꿈들을 어떻게 이어붙여야 하나요
부러진 척추를 끌고 어디까지 가야 하나요
어떤 가능성이 남아 있기는 한 걸까요

그럼에도 불구하고,

저는 가능주의자가 되려 합니다
불가능성의 가능성을 믿어보려 합니다

큰 빛이 아니어도 좋습니다
반딧불이처럼 깜박이며
우리가 닿지 못한 빛과 어둠에 대해
그 어긋남에 대해
말라가는 잉크로나마 써 나가려 합니다

나의 시대, 나의 짐승이여,
이 이빨과 발톱을 어찌하면 좋을까요
찢긴 살과 혈관 속에 남아 있는
이 핏기를 언제까지 견뎌야 하는 것일까요

그럼에도 불구하고,

아직 무언가 가능하다고 말하는 사람이 되는 것은
어떤 어둠에 기대어 가능한 일일까요
어떤 어둠의 빛에 눈멀어야 가능한 일일까요

세상에, 가능주의자라니, 대체 얼마나 가당찮은 꿈인가요

* 오시프 만델슈탐, 「시대」, 『아무것도 말할 필요가 없다』, 조주관 역, 문학의숲, 2012, 96쪽.

(『청색종이』 2021년 가을호)

저는 가능주의자가 되려 합니다
불가능성의 가능성을 믿어보려 합니다

시대란 무엇인가. 시대는 역사적으로 구분된 시기일 뿐 아니라, 그 시기를 지배하고 질서를 부여하는 특정한 방식이기도 하다. 그러니까 문제는 당대, 나 자신의 모든 (불)가능성의 기원인 당대인 것이다. 시인이 인용한 "나의 시대, 나의 짐승이여"라는 구절에는 나를 키워낸 요람이자 나를 할퀴고 물어뜯는 폭군인 당대에 대한 양가감정이 담겨 있다. 지금은 "나의 사전에 불가능이란 없다"고 말할 수 있는 나폴레옹의 시대가 아니다. 우리의 시대는 역사를 개척하고 당대를 극복하겠다는 의지와 야망의 시대가 아니라 "무엇도 가능하지 않은" 시대, 시대의 잔인한 이빨과 가혹한 발톱 앞에 피를 흘리며 견뎌야 하는 시대인 것이다. 이런 시대에 "불가능성의 가능성"을 믿어보겠다는 사람, "아직 무언가 가능하다고 말하는 사람", 다시 말해 '가능주의자'가 되겠다는 것은 "가당찮은 꿈"이라는 것을 화자도 알고 있다. "그럼에도 불구하고" "말라가는 잉크로나마" 남아 있는 가능성에 대해 써 나가겠다는 것은, 그러니까 시인의 선언인 것이다. 이 불가능과 불모와 절멸의 시대에 인간이 아직 모르는 "어떤 어둠", 인간이 이전의 눈을 버리고 새로 발견해야 하는 "어떤 어둠의 빛"으로 시대의 키를 돌리는 것은 가능할 것인가. 가능성과 불가능성을 타진하고 가늠하는 것조차 시대의 조건 속에 이루어지는 일이라면, '가능주의자'라는 불가능을 꿈꾸는 것부터 시대의 한계를 벗어나는 첫걸음이 될 것이다. 불가능들이 넘쳐나는 세상이지만 시인의 사전에 '가능주의자'라는 단어가 등재되는 이유가 여기에 있다. (a)

돌아가시다

문동만

친구를 묻고 돌아오는 길
오던 길보다 돌아가는 길이
더 젖어 있었습니다

빛이 많을 날일수록 빛을 잃은
사람들을 더 불러 모읍니다
산개한 각양의 구름은
모든 사라진 사람들을 부르고
모이고 사라지게 하고

이 나라 말들은 묘연하게 깊어서
죽음조차 돌아가셨다, 은유할 때
돌아가는 일이 무엇인지
어디인지를 생각하게 합니다

억울하게 가깝습니다
하늘과 땅이
그 사이 걸쳐진 구름이 우리의 형체
낯익은 벌판의 쌀과 보리와 밀과
옥수수가 우리의 피

그 푸른 것들, 잠깐 나눠 먹다 가는 것이
인생이라 생각하면,

크게 슬픈 일은 아니지만

돌아가시지 말라고 길을 막고 우는
사람들이 남아 있어서
등이 꺾여 유리벽 치며 통곡하는
사람들이 있어서

나도 온전히 돌아가지 못합니다
당신도 선불리 돌아가시지도 못합니다

(『포지션』 2021년 겨울호)

나도 온전히 돌아가지 못합니다
당신도 섣불리 돌아가시지도 못합니다

누군가가 사라진 다음 날도 여전히 시간은 흐르고 삶은 계속된다. "친구를 묻고 돌아오는 길/오던 길보다 돌아가는 길이/더 젖어 있었"다는 표현은 누군가의 죽음 그 자체보다 그 사람의 부재를 안고 계속 살아가는 애도의 삶이 더 슬플 수 있음을 보여준다. "이 나라 말들은 묘연하게 깊어서/죽음조차 돌아가셨다, 은유할 때/돌아가는 일이 무엇인지/어디인지를 생각하게 합니다"라는 시인의 말은 삶의 비의를 담고 있다. "하늘과 땅이/그 사이 걸쳐진 구름이 우리의 형체/낯익은 벌판의 쌀과 보리와 밀과/옥수수가 우리의 피//그 푸른 것들, 잠깐 나눠 먹다 가는 것이/인생이라 생각하면,/크게 슬픈 일은 아"닐 수도 있다. 어차피 죽음은 '돌아가는' 일이고, 자연의 섭리대로 태어나 살다가 다시 자연으로 되돌아갈, 그런 자연스러운 과정의 일부다.

그러나 남겨진 사람들의 슬픔은 망자의 삶보다 더 길게 지속된다. 죽은 이와 함께 '돌아갈' 수 없어 남아 있는 그 슬픔은 세상을 떠난 이를 그리워하는 사람들의 몫이다. 다른 사람들에게 남겨질 그 몫의 무게를 알기에 사람들은 계속 살아가는 것인지도 모른다. "돌아가시지 말라고 길을 막고 우는/사람들이 남아 있어서/등이 꺾여 유리벽 치며 통곡하는/사람들이 있어서" 어떻게든 남은 삶을 붙들고 살아가려고 애쓰는 것이다. (b)

캐셔
— 금전 등록기

문보영

처음 가는 식당에서 토마토 오믈렛 한 접시와 오렌지 주스를 먹고 나오는데 음식값이 도합 일억 삼천만 원이라는 것이다. 카운터를 지키는, 체구가 작고 머리가 곱슬한 캐셔가 나를 올려다보았다. "뭐라고요?" 나는 그에게 물었다. 그러자 캐셔는 내가 가져온 빌지를 훑어보더니 다시 내 쪽으로 보여주었다. "토마토 오믈렛이랑 오렌지 주스 주문하신 거 맞으시죠?" "맞아요." 나는 대답했다. "일억 삼천만 원 맞습니다." 캐셔가 말했다. "장난하세요?" 나는 반문했다. 캐셔는 소란을 원치 않는다는 듯 두 손을 공손히 포개고, 식당이 처음이냐고 물었다. 그것이 마치 예민한 주제인 것마냥 목소리를 낮추며 말이다. 나는 할 말을 잃었다. 식당에 처음 와보냐니. 그럼 내가 평생 집구석에서만 밥을 먹었단 말인가. 그런데 갑자기 집이 아닌 곳에서 식사를 한 기억이 떠오르지 않는 것이다. "그게……" 캐셔는 뭔가를 이해한 것처럼 나의 대답을 기다렸다. 손님들은 냅킨으로 입을 닦으며, 그리고 포크로 스파게티를 돌돌 말며 나를 힐끔거렸다. 그래서 나는 일단 외국인이라고 말했다. "아, 그러시군요!" 캐셔는 내가 외국인이라는 말에 더 깍듯해져서는 카운터의 작은 모니터를 내 쪽으로 돌려 "이 테이블은 이천백칠십만 원, 이 테이블은 칠억 사천만 원, 이 테이블은 팔백 삼십 이만 원이에요."라고 말했다. 나는 계산대 구석에 놓인 메뉴판을 펼쳐 내가 주문한 음식과 가격을 손가락으로 짚었다. "토마토 오믈렛은 만 이천 원, 오렌지 주스는 삼천 원이네요." 그러자 캐셔는 어린아이를 보듯 나를 쳐다보았다. 그런데 나는 왠지 그런 취급이 싫지 않았고 심지어 보호받는 기분까지 들었다. "네 맞아요. 다만, 손님. 그런 계산은 과거의 유산과 같아서 지금은 아무도 그런 식의 계산을 하지 않는답니다. 손님은 토마토 오믈렛과 오렌지 주스를 주문하셨어요. 그런데 그 대신 바질 스파게티를 주문할 수도 있었죠. 아니면 크림 리조또나 고르곤졸라를 주문할 수도 있었고요." 캐셔는 메뉴판 속 먹음직스러운 음식 사진을 하나씩 짚었다. "게다가" 캐셔가 말을 이었다. "저희 식당이 아니라 다른 식당에서 식사를 할 수도 있었겠죠. 그곳에서 랍스터나 조개구이를 주문할 수도 있었어요. 그것들은 우리 집에서 팔지 않는 음식이죠. 경우의 수는 늘어나는 나뭇가지처럼 무수해요. 수백억, 수천억 개의 별이 모여 은하가 되는 것처럼. 그리고 그런 은하가 우주 어딘가에 또 있는 것처럼요. 그렇게 가능성은 흘러가는 강의 모양이 되지요. 세상의 모든 식당은 당신이 가지 않은 길을 전부 계산해요. 당신이 먹지 않았지만 먹었을 수도 있었을 음식들을요. 우리는 그 모두를 합산한 값을 받죠." "와우! 말씀 잘 들었습니다. 그럼, 전 이만 나가보겠어요." 나는 입구의 나무 손잡이를 잡고 문을 당겼다. 그때, 캐셔가 내 뒤통수에 대고 나지막이 외쳤다. "당신이 가지 않았지만 그 사람들은 음식을 만들고 있거든요." 그러더니 갑자기 머리를 박고 흐느끼는 것이다. "젠장. 나는 우는 사람이 싫어." 나는 뭐라도 해야 할 것 같아서 캐셔에게 다가갔다. 그때, 식사를 마친 한 부부가 카운터로 오더니 나를 흘끗 보고는 보란 듯이 카드를 내밀었다. 캐셔는 앞치마로 눈물을 훔치며 검은 모자를 쓴 여인이 내민 카드를 받았다. "삼억 사천 이백 구십만 원입니다." 캐셔는 작은 목소리로, 하지만 나에게도 들리게 말했다. 그리고 여인의 일행인 나비넥타이를 한 신사는 요즘에도 저런 놈이 있냐는 듯 나를 쳐다보았다. 나는 캐셔에게 다가가 달랬다. 그때 깊은 모자를 쓴 여인이 말했다. "당신이 방문하지 않은 그곳을 미래라고 해야 할지 과거라고 해야 할지, 밟지 않고 지나친 현재라고 해야 할지 모르겠지만, 그곳에서 사람들은 당신이 주문할 수도 있었을 음식을 차리고 당신을 기다리고 있답니다. 우리의 세상은 노동에 걸맞은 대가를 지불해요. 당신이 가지 않았고, 당신이 그 음식을 먹지 않았다고 해도 그들에게 노동은 현실이고 전부예요. 그들은 진짜 시간과 힘을 쏟아부으니까요. 우리는 우리가 가지 않은 길에 대해서도 책임을 져야 해요. 그것이 우리 시대의 윤리랍니다. 젊은 친구." 검은 모자의 여인이 내 어깨를 툭툭 쳤다. "그럼, 저들은 자신이 무얼 부담해야 하는지 알면서 음식을 처먹고 있는 거요?" 나는 한쪽 팔꿈치를 카운터에 걸치고 테이블의 손님들을 턱 끝으로 가리켰다. "이분 것도 계산해줘요." 검은 모자의 여인은 고개를 저으며 캐셔에게 카드를 건넸다. 그 바람에 나는 한순간에 보잘것없는 지푸라기가 된 심정이 되었다. 그런데 그 느낌이 꼭 싫지만은 않았고 심지어 보호받는 기분까지 들었다. 큰돈을 가진 사람들이 식당을 나가고 홀은 고요해졌다. 나는 곰 얼굴이 그려진 내 지갑에서 밥값인 만 오천 원을 꺼내 캐셔에게 내밀었다. 그리고 말했다. "난 당신과 당신이 하는 일을 용서할 수 없어." 그러고 이번에는 진짜로 문을 열고 거리로 나왔다. 거리는 황량했다. 주변에는 커다란 광장이 하나 있었고 식당은 하나도 없었다. "이 세상에 식당은 없어. 사람들은 죄다 집에서 밥을 지어 먹지. 그게 이 세상의 룰이라고." 나는 내 말을 믿으며 광장을 휙휙 가로질러 집으로 갔다.

(『현대시』 2021년 3월호)

우리는 우리가 가지 않은 길에 대해서도
책임을 져야 해요

이 시는 어느 식당에서 일어난 하나의 해프닝을 서사적으로 구성하여 보여주고 있다. 이야기가 전개되는 곳은 현실의 전형적인 계산법을 완전히 역전시킨 놀라운 방식으로 음식값을 계산하는 가상의 식당이다. 이 식당에서는 우리가 일상적으로 따르는 계산법은 시대착오적인 "과거의 유산"일 뿐이다. "당신이 가지 않은 길을 전부 계산"하여 "그 모두를 합산한" 음식값을 받는 새로운 계산법이 통용되고 있기 때문이다. "당신이 먹지 않았지만 먹었을 수도 있었을 음식들"을 계산하는 방식은 지금 우리의 경제학에도 있다. '기회비용'이라고 부르는 것이 그것이다. 하지만 포기한 선택이 가져올 잠재적 이익을 고려하기 위한 '기회비용'과 달리, 가상의 식당에서는 포기한 선택에 들어간 잠재적 비용을 합산하여 부가하는, 말하자면 '기회잉여'를 책임 지우는 계산법을 사용한다. "당신이 방문하지 않은 그곳"은 미래일 수도, 과거일 수도, "밟지 않고 지나친 현재"일 수도 있지만 아무튼 그곳에서 행해진 노동에 대해서는 대가를 지불해야 한다는 것이다. "가지 않은 길"이 기회의 상실이 아니라 기회에 대한 책임이라는 논리는 자못 충격적으로 다가온다. 고작 오믈렛 한 접시와 주스에 대한 비용이 어마어마해서가 아니라 그토록 많은 선택의 자유를 위해 우리가 치르지 않은 것이 그보다 더한 비용으로 적채되고 있다는 것, 그것을 과연 누가 치르고 있는가를 생각하게 되기 때문이다. 이 시는 밥 한 끼의 계산법을 놓고 벌어진 해프닝으로 우리 시대의 방대한 무책임과 새로운 시대에 요청되는 윤리를 성찰하게 해준다. (a)

봄날의 이천 원

박경자

출근 시간 지나 지하철 2호선에 남자가 나타났다
핸드 캐리를 끌고 미늘 달린 긴 플라스틱 꼬챙이 손에 들고 있다
싱크대 화장실 할 것 없이 막힌 것은 모두 뚫어준다고
단돈 이천 원이면 막힌 속까지 시원하게 뚫는다는데
영등포 지나 한강을 건너는 창밖에는 아직 강물이 풀리지 않고 있다

남자의 눈빛이 흔들린다
이천 원으로 자신의 막힌 속까지 뚫지는 못하는 것일까
다리미 자국이 반질거리는 날 선 바지, 한때 대기업에 근무했을지도 모르는
저 어색한 남자

냄새를 기억하는 꼬챙이가 대학 등록금을 뚫어야 하고
아이들 학원비를 뚫어야 하고 주방 보조를 하는 아내의 시큰거리는 손목을
건져 올려야 하는 것은 아닌지

남자의 손에는 아직 뚫지 못한 이천 원들이 많이 남아 있다

강 위를 반짝이는 저 봄빛 속으로
철교를 지나가는 하늘과 구름과 빌딩 사이로
그 어떤 꼬챙이로도 끌려 나오지 못하는 곳으로

추락할 것 같은 남자를 위하여
내 손에서 봄날의 이천 원이 날개를 단다

(『사람의 문학』 2021년 봄호)

추락할 것 같은 남자를 위하여
내 손에서 봄날의 이천 원이 날개를 단다

작품의 화자는 지하철에 탔다가 물건을 파는 한 남자를 보게 된다. 그는 "핸드 캐리를 끌고 미늘 달린 긴 플라스틱 꼬챙이 손에 들고" "싱크대 화장실 할 것 없이 막힌 것은 모두 뚫어준다고/단돈 이천 원이면 막힌 속까지 시원하게 뚫"어준다고 홍보한다. 화자는 그의 말에 믿음이 가지 않지만, 자꾸 귀를 기울인다. 그만큼 막힌 상황들이 뚫리기를 바라는 마음이 절실한 것이다.

그 남자는 이천 원으로 자신의 막힌 속을 뚫지 못하고 있다. 지하철 창밖으로 보이는 한강의 강물도 아직 풀리지 않았다. 화자는 눈빛이 흔들리고 있는 그를 바라보며 자식들의 "대학 등록금을 뚫"기를, "아이들 학원비를 뚫"기를 희망한다. 또한 "주방 보조를 하는 아내의 시큰거리는 손목을/건져 올"릴 수 있기를 바란다. 그리하여 화자는 "어떤 꼬챙이로도 끌려 나오지 못하는 곳으로/추락할 것 같은 남자를 위하여" 이천 원을 꺼낸다. 그가 새봄에 날개를 달 수 있기를 응원하는 것이다. ⒞

채광석

박관서

당신이 가고 나서 비루해졌다

민중문학에서 민중이 슬슬 지워졌고
노동문학을 하던 이들이 교수가 되거나

평론가가 되어 노동문학을 더 지독하게
눈을 깔고 내려 보다가 밀쳐두었다

사라진 건 없는데 사라진 민족문학은
한국문학이 되었다 이미 말로 일국을 이룬

통일문학이야 진즉에 사라져
세계문학이 되었다 국경 없는 욕망이 되어

일 년이면 이천여 명이 죽어 나가는
노동의 검은 눈빛 위에 오방색 감탕

신선로가 되었다 뜨겁지 않게 뜨거운
문학의 언어를 말아 삼키다가 간신히

당신을 보았다 새파란 불꽃이었다

(『주변인과 문학』 2021년 가을호)

신선로가 되었다 뜨겁지 않게 뜨거운
문학의 언어를 말아 삼키다가 간신히

1980년대 말 소련 및 동구 사회주의가 무너지고 국내에 문민정부가 출범하면서 한국의 민중문학은 급격히 위축되었다. 1980년대 민중문학의 전위적인 위치에 있던 노동문학은 물론 민족문학, 통일문학 등이 뿌리조차 흔들리게 된 것이다. "민중문학에서 민중이 슬슬 지워졌고", "사라진 건 없는 데 사라진 민족문학은/한국문학이 되었다". "말로 일국을 이룬//통일문학"이 "진즉에 사라져/세계문학이" 되기도 했다.

작품의 화자는 그 상황을 "당신이 가고 나서 비루해졌다"고 진단한다. 그리고 1년에 2천여 명이 죽어 나가는 노동자들의 억울한 눈빛을 외면한 채 뜨겁지 않은 언어로 작품들이 쓰이고 있는 한국 문단을 직시한다. 결국 당신의 "새파란 불꽃"을 현재의 민중문학에 비추어주는 것이다.

채광석(1948~1987)은 민중적 민족문학론을 제기하며 1980년대 평론계의 한 축을 이끌었다. 평론집으로 『민족문학의 흐름』, 시집으로 『밧줄을 타며』, 사회문화론집으로 『물길처럼 불길처럼』 등이 있다. 1974년 오둘둘사건으로 2년 6개월 옥고를 치렀고, 1980년 서울의 봄 이후 계엄포고령 위반으로 체포되어 모진 고문을 당했다. (c)

사과를 베어 물다

박설희

사각, 밝게 웃으며 한 입 베어 문다

어제 마음의 준비를 하라잖아, 온통 헐은 대장 어디선가 피가 터져 발만 동동 구르는데 급사할 수도 있다고

과육이 으깨지는 소리가 나며 입 주위로 과즙이 번진다

응급실이든 중환자실이든 살려달라고 애원하는 게 일상이야, 어제도 의사 붙잡고 살려달라고 애원했어

창백한 입술이 촉촉이 젖어들며 혀와 말의 길이 부드럽다

바로 옆 침대가 비어 있어서 어디 갔느냐고 물었더니 갔다고 그래, 집에 갔느냐고 했더니 돌아갔다고, 처음 온 곳으로 갔다고

입 안 가득 베어 문다, 대학병원에서 혈액암으로 이 년째 투병 중인 아이를 둔 엄마가 희망을 베어 물듯 사각사각 맛나게 사과를

사과는 줄어들고 입 안의 물기는 많아지고 사과향이 점차 주변에 퍼지면서 으깨지는 사과는 말이 되고, 활기가 되고, 희망이 되어 스며들고

어제도 같은 중환자실에서 둘이나 갔지만, 그래도 우리 애는 살아 있어

멍든 것처럼 시퍼런 사과를 마지막으로 베어 물고 으적으적 씹다가 꿀꺽 삼키고 자리를 털며 일어난다, 면회 시간이 다 되었다며

(『생명과문학』 2021년 여름호)

사과향이 점차 주변에 퍼지면서 으깨지는 사과는
말이 되고, 활기가 되고, 희망이 되어 스며들고

위의 작품에서 "어제도 같은 중환자실에서 둘이나 갔지만, 그래도 우리 애는 살아 있"다는 엄마의 말은 슬프면서도 희망적이다. 그리하여 혈액암으로 2년째 투병 중인 아이를 둔 엄마가 맛있게 사과를 먹는 모습을 응원한다. 사과의 물기와 향기가 엄마의 몸에 스며들어 아이를 살리는 힘이 되기를 바라는 것이다.

"어제 마음의 준비를 하라잖아, 온통 헐은 대장 어디선가 피가 터져 발만 동동 구르는데 급사할 수도 있다"는 의사의 말을 들은 엄마는 불안할 수밖에 없다. 따라서 "응급실이든 중환자실이든 살려달라고 애원하는 게 일상이야, 어제도 의사 붙잡고 살려달라고 애원"한 엄마의 마음은 충분히 이해된다. 엄마는 자신의 모든 것을 바쳐 아이를 살려내려고 한다. 이 절박한 사랑이 있기에 사과꽃이 피는 것이다. (c)

행인

박소란

녹슨 맨홀 뚜껑 같은 게
거기 잠자코 붙은 껌 같은 게

나를 본다 내 이름을 중얼거린다
눈을 깜박이는 게
입술을 지그시 깨무는 게

나를 기다린다
늦지도 이르지도 않은 나의 귀가를

어느 날은 컹컹 짖고 어느 날은 냐옹 울기도 하는
횡단보도
절룩이는 다리로 나를 따라 집까지 온다

병원 같은 게
입원실 간이침대 옆 쪼그려 앉은 그림자 같은 게

쉽게 부서지는 게
부서지고도 반짝이는 게
공병 같은 게

나와 함께다
함께 먹고 함께 잠든다

함께 악몽 속을 거닌다 지옥의 숲을 산책하듯이

일어나 아침이야, 흔들어 깨울 수 없지만
재촉할 수 없지만
허둥지둥 문을 나서면

바퀴에 깔린 장갑 같은 게
부르르 손을 떠는 전단 같은 게

주워 들면 피가 조금 난다

(『딩아돌하』 2021년 겨울호)

함께 악몽 속을 거닌다
지옥의 숲을 산책하듯이

이 시는 무언가를 계속해서 나열하고 있는데 시의 제목으로 유추하면 '행인'들인 것 같다. 그런데 행인들은 사람이 아니다. 그것들은 속성이나 상태로 지시되거나 사물을 가리키는 명사인 경우에는 반드시 뒤에 '~ 같은 게'가 붙어 있다. 주로 거리를 지나다니며 흔히 볼 수 있는 것들이지만, 그 누구도 시선을 주거나 관심을 갖지 않는 하찮고 사소한 것들이다. 눈을 깜박이거나 입술을 지그시 깨물기도 하는 잠재적 존재들이거나 쉽게 부서지고 부서져 반짝이기도 하는 약하고 아름다운 것들이다. 또는 컹컹 짖거나 냐옹 울거나 절룩이는 다리로 따라오는 비인간 생명체들이기도 하다. 시인은 이 하찮고 약하고 고유한 객체들을 슬며시 주어 자리에 놓고 있다. 그것들은 "나를 본다 내 이름을 중얼거린다", "나를 기다린다", "나를 따라 집까지 온다", 말하자면 언제나 "나와 함께다". 나는 그것들을 흔들어 깨울 수도 없고 재촉할 수도 없지만 그것들과 맺어진 구체적이고 우연한 관계 속에 놓여 있다. 그것들과 나는 각자의 특성과 속성과 행위력과 비밀을 간직한 채, 순간적으로 마주치면 서로 연결된 맥락 속에서 현실화하는 존재들이다. 그러니까 시인이 말하는 '행인'은 사람(行人)만이 아니라 연결된 세계에 차이와 변화를 가져오는 모든 행위자들(行因), 인간/비인간의 구분 없이 어떤 관계나 작용의 원인이 되는 것들을 평등하게 가리키는 이름인 것이다. (a)

대리모

백무산

아이들 머리통만 한 배 하나 받아든다
어디서 달려왔는지
불룩한 배는 가쁜 숨을 몰아쉬고 있다

열매가 달려온 곳을 떠올려본다
터무니없을 만큼 큰 열매를 매달았을 나무를
간신히 떠올려본다 열매가 달려 있던 자리를

바람에 몸을 흔들어보지도 못하는 나무
햇살에 머리를 풀어헤쳐 보지도 못하는 나무
쇠파이프에 묶이고 쇠줄에 감긴 나무

자기 몸을 자기가 가질 수 없는 나무
열매의 무게에 찢어지는 팔을 가진 나무
겨울 언 땅에 발등이 터져 있을 나무

생식기만 있는 나무
나무를 기억하지 못하는 열매
가쁜 숨을 몰아쉬며

오직 접시 위에 놓이기만을 위해 달려온 길
칼을 들다 나는 몇 번이고 손이 저리다

(『울산작가』 31호, 2021)

오직 접시 위에 놓이기만을 위해 달려온 길
칼을 들다 나는 몇 번이고 손이 저리다

어느덧 우리 사회는 자본주의 체제가 추구하는 이윤에 경도되어 과일까지 학대하고 있다. 공장식으로 사육되는 가축의 경우 항생제 섞인 사료를 먹고, 운동할 자유도 잠을 자거나 휴식을 취할 자유도 갖지 못하는데, 과일도 마찬가지이다.

작품의 화자는 "아이들 머리통만 한 배 하나 받아"들고 그 배가 달려온 곳을 떠올린다. 터무니없을 만큼 큰 배를 온몸으로 매달았을 나무를 떠올려보는 것이다. 배나무는 이윤 창출을 의도하는 자본주의 체제의 명령에 따라 "바람에 몸을 흔들어보지도 못하"고, "햇살에 머리를 풀어헤쳐 보지도 못하"고, "쇠 파이프에 묶이고 쇠줄에 감긴" 상태로 열매를 달고 버티었다. 생식기만 있고, 자기 몸을 갖지 못한 것이다.

화자는 학대받은 배나무가 너무 안타까워 접시 위에 놓인 배에 칼을 대지 못하고 있다. 손이 저리는 것을 느낀다. 이 세계에서 학대받는 대상이 배 같은 과일과 가축뿐이겠는가. (c)

윤이상의 바다

백수인

고국은 그를
독일에서 납치해 와 서대문형무소에 처넣었다
2년 후 세계 이목이 두려워
마지못해 풀어주며 독일로 내쫓았다

독일인으로 살면서도 통영 앞바다 그리워
유년의 파도 소리, 바람 소리를 먹물에 담가
큰 붓으로 눌러 그려내어 클라리넷과 피아노 속에 넣었다

동피랑 언덕길 가을바람에 흔들리며 피어나던
쑥부쟁이, 구절초 꽃잎도 작은 붓으로 그려
플루트, 오보에, 바이올린, 첼로의 튼실한 줄로 삼았다

그래도 그립고 그리우면
뮌헨 시가지에 인당수 깊은 바닷물 채워놓고
심청, 심학규, 뺑덕어미를 데려와 놀게 했다
칠월 칠석 통영의 하늘에서
은하수 건너 만나려던 견우와 직녀도
독일의 밤하늘에 그려 넣었다

고국을 그리다가
'광주'를 부둥켜안고 울고 울다가
머나먼 타국에서 하늘로 가버린 그

이제는
통영 앞바다 반짝이는 물결 속에
살랑이는 바람 소리로 살아 있다
수자폰처럼 큰 귀가 우주의 소리를 모아 듣는
윤이상의 바다

(『푸른사상』 2021년 겨울호)

수자폰처럼 큰 귀가 우주의 소리를 모아 듣는
윤이상의 바다

"윤이상"은 1917년 경남 산청에서 태어나 통영에서 자란 뒤 독일에서 활동하다가 타계한 세계적인 작곡가이다. 그는 1967년 동베를린 간첩단 사건으로 무기징역을 선고받고, "독일에서 납치"되어 "서대문형무소에"서 옥고를 치르다가, 국제적인 항의와 독일 정부의 도움으로 석방되었다.

위의 작품은 그가 음악 활동을 한 토대를 생각한다. 비록 그가 독일 국적을 취득하고 대학교수로 재직하면서 활발하게 음악 활동을 했지만, 고향에 대한 그리움을 음악으로 승화한 면을 떠올리는 것이다. "통영 앞바다 그리워/유년의 파도 소리, 바람 소리를" "클라리넷과 피아노 속에 넣"은 것이나, 오페라 〈심청〉에서 "그립고 그리우면/뮌헨 시가지에 인당수 깊은 바닷물 채워놓고/심청, 심학규, 뺑덕어미를 데려와" 논 것이나, 그리고 관현악곡 〈광주여 영원히〉에서 "고국을 그리다가/'광주'를 부둥켜안고 울고 울"었던 것이 그 예이다.

"윤이상"은 1995년 "머나먼 타국에서 하늘로 가버"렸다. 그렇지만 그는 "통영 앞바다 반짝이는 물결 속에/살랑이는 바람 소리로 살아 있다". 그는 결코 고향을 버리지도 잊지도 않은 것이다. 그의 고향 역시 그를 품고 있다. 그가 자라난 통영의 바다는 "수자폰처럼 큰 귀"로 그가 작곡한 "우주의 소리를 모아 듣는" 것이다. ⒞

고독지옥(孤獨地獄)

서윤후

1.

입장은 언제나 고독함
세탁기나 복사기 앞에서의 시간까지도

기다림은 그동안 잘 빚어온 것
인간은 불구의 마음을 받아들고는
너무 일찍 자신의 간병인이 되는 일을

2.

이 저수지는 무척 지루하고 볼 것 없는 풍경이지만 언젠가 있는 힘껏 던진 돌들이 여기에 모두 잠들어 있다

고독한 입장을 이해할 수 있음
사람이 사람에게로 돌아가는 일을 서두름

악몽은 비좁은 통로로서
이를테면 우산을 두고 내린 버스가 영원히 종점으로 돌아오지 않는
비가 그치자 지나온 길이 희미해지는 것

장대비는 금방 삶은 애저녁
사람은 가장 아름다운 반바지
호주머니 안쪽이 가장 늦게 마르는 비밀의 하수

3.

입장은 계속 난처할 수밖에 없음

딱히 아픈 곳 없어 소화제나 처방받았던 환자가 몇 분 뒤 다시 찾아와 진료를 기다린다 의자가 지루해하는 엉덩이 알코올 솜이 마르는 시간보다 빨리 찾아온 통증은

기다림도 어쩔 수 없었다는 고독

지켜볼수록 커지는 불길처럼

이 구경거리는 잠든 돌을 깨우는 아름다운 양식

입장은 입장이 되어가는 순간에도

고독을 쉬어갈 수 없음

삼각김밥 돌아가는 전자레인지 앞에서도 설익은 컵라면을 후루룩 삼키는 편의점의 저녁 속에서도

고독은 글피에 다시 오기 위해 허기를 간직함

4.

파쇄기가 파쇄기 속으로 들어가는 생각

다짐의 돌을 물 밖으로 꺼내오는 생각

호주머니 속에는 젖은 돌멩이가

한 사람이 죽기 위해선 몇 명이나 필요해요?
구해달라고 고백하는 사랑은 이미 끝난 게 아닐까요?

어쩔 수 없음
고독은 입장을 표명함

(『파란』 2021년 가을호)

고독한 입장을 이해할 수 있음
사람이 사람에게로 돌아가는 일을 서두름

서윤후의 시 속에는 언제나 어느 정도의 불안의 언어가 자리한다. 시는 늘 결핍을 품고 있다. 이 시의 표현을 빌려 말하자면 "다시 오기 위해 허기를 간직"하는 것이다. 충족되고 채워진 것은 더 이상의 욕망을 불러오지 않는다. 그러니 결핍은 기다림을 위한 것이기도 하다. 서윤후 시는 기다림을 담고 있는 경우가 많다. 기다리는 동안 사람은 희망을 품게 되기 마련이다. 아무리 희박한 희망이더라도, 무언가를 기다리는 동안 삶은 지속된다.

서윤후 시 속 사람들은 자신의 희망을 실현시킬 수 있다고 믿기 때문에 기다리는 것이 아니다. 그들은 이 세계가 자신들과 맞지 않다고 느끼고, 자기가 바라는 '때'가 올 때까지 견디며 기다린다. 기다림에는 반드시 기대가 있어야만 하지만, 서윤후 시의 기다림에는 희망이 매우 희박하다. 과연 이루어질 수 있을까 계속 의심하고 회의한다. 이런 상태에서도 기다릴 수 있으려면 많은 것들을 지워나가야 가능하다. 잊으면서, 지우면서 기다려야 한다. "기다림은 그동안 잘 빚어온 것"이므로 "지켜볼수록 커지는 불길처럼" 커지고 깊어진다. 오랜 기다림은 필연적으로 고독을 부른다. 이 시에서 화자는 이제 "기다림도 어쩔 수 없었다는 고독"을 만나고 있다. "호주머니 속에는 젖은 돌멩이가" 있는 것처럼, "다짐의 돌을 물 밖으로 꺼내오는 생각"을 하고 빠져나가려 애쓰지만 이 고독은 더 깊은 물속으로 계속 빠져들게 하는 그런 무게를 가진다. '고독지옥'은 어디에나 편재해 있고 미래는 아무것도 약속해주지 않지만, 홀로인 그들은 여전히 기다림을 멈추지 않는다. 기다리는 자체가 그들의 의지 표명이자 행동이며, 더 나아가 하나의 '입장'이 되기 때문이다. (b)

기와불사

서홍관

절마당에 기와불사에 쓸 기와들이
가을볕을 쬐고 있다.

기와마다
소원성취
사업번창
수능만점
무병장수
그리고 행여 부처님 원력이 다른 집으로 갈까 봐
주소까지 상세하다.

그러다 한 기와에 눈길이 머물렀다.

당신이 부처님입니다

(『사람의문학』 2021년 가을호)

그러다 한 기와에 눈길이 머물렀다.
당신이 부처님입니다

"기와불사"는 사찰에서 비용을 마련하기 위해 일을 행하는 것의 한 가지로 법당의 지붕을 올릴 때 기왓장을 보시하는 것이다. 이외에도 사찰을 다시 세우는 중창불사, 범종을 주조하는 범종불사, 가사를 만들어 승려들에게 보시는 가사불사 등이 있다. "기와불사"도 다른 불사와 마찬가지로 보시하는 사람의 성명, 생년월일, 주소를 쓰고 "소원성취", "사업번창", "수능만점", "무병장수" 등의 소원을 적는다.

중생들이 사찰을 찾는 이유는 수행을 통해 부처님의 가르침을 깨닫고 실천하려는 것이기보다는 복을 기원하기 위해서이다. 그러므로 "행여 부처님 원력이 다른 집으로 갈까 봐/주소까지 상세하"게 적는 행동은 이해된다. 중생들은 유한할 뿐만 아니라 한계를 가진 존재이기에 복을 비는 것이다.

이와 같은 상황에서 작품의 화자가 한 기와에서 발견한 "당신이 부처입니다"라는 문구는 눈길을 끈다. 세상의 모든 존재가 평안하고 복을 받기를 바라는 마음이 곧 부처가 바라는 마음 아니겠는가. (c)

우리 집 앞마당에 해바라기를 걸어놓았다

서화성

우리 집 앞마당에 키 작은 해바라기가 자라고 있었다
한 뼘쯤 더 자랐을까, 말수가 적은 아내는
해바라기가 자라는 액자를 가지는 게 소원이라며 중얼거렸다
손바닥만큼 자란 얼굴을 감당하기에 적당했으며
나는 대답 대신 고개만 끄덕였다
팔월은 아직 멀었는데 거실 창문만큼 자라버린 해바라기.
이보다 살아 있는 액자를 본 적이 없었다
액자가 살아 움직이는 것처럼 해바라기가 자라고 있었다
아내는 해바라기가 자기 키만큼 자라면 창문을 다시 만들자고 했다
나는 당신이 소원이라면 그러자고 했고
하룻밤이 지나 창문 틈을 비집고 자라 있었다
아내는 두 번째 소원이라고 말했다
창문이 두 배로 커졌을 때 아내는 이곳을 떠나겠다고 했다
어디로 가는지 물어보지 않았지만 궁금하지도 않았다
이런 일이 몇 년 전에도 여러 차례 있어서였을까,
나는 생각 없이 고개를 끄덕이고 말았다
보름이 지나고 아내는 온종일 창문만 바라보다가 집을 나갔다
비가 내리는 날은 두 배로 자라 있었고
해바라기가 지붕까지 자랐으며 아내는 돌아오지 않았다

(『시와사상』 2021년 겨울호)

액자가 살아 움직이는 것처럼
해바라기가 자라고 있었다

아내가 "해바라기가 자라는 액자를 가지는 게 소원이라며 중얼거렸"을 때 작품의 화자는 가능하다고 말했다. "손바닥만큼 자란 얼굴을 감당하기에 적당했"기 때문이었다. 그런데 해바라기는 "팔월은 아직 멀었는데 거실 창문만큼 자라"났다. 그야말로 살아 있는 액자가 되어 "액자가 살아 움직이는 것처럼 해바라기가 자라고 있었"던 것이다.

아내는 해바라기가 자신이 원하지 않는 만큼 자라났기 때문에 만족할 수 없었다. 그리하여 아내는 "해바라기가 자기 키만큼 자라면 창문을 다시 만들자고 했"다. 그렇지만 해바라기는 "하룻밤이 지나 창문 틈을 비집고 자라"났다. 아내는 또다시 만족할 수 없었다.

해바라기는 사람이 기대하는 만큼 자라나는 존재가 아니다. 그런데도 인간은 자신의 기대치대로 맞추어주길 요구한다. 만약 그렇지 않으면 아내처럼 "집을 나"가고 만다. (c)

상주

서효인

친족의 울음에 마음이 동하지
않는다 하필 주말이라니,
유난히 끈질긴 유전자들이 모여
서로의 닮은 점을
탓한다 예상과 회상이 교차하는 무릎이
좌식 테이블 아래에서 격렬하게
떤다 이 자리에 사랑하는 사람이
없다 이 자리에 모인 사람들을
사랑하던 날도
있었다 친족의 울음을 귀 뒤로
흘린다 고모와 고모의 오라비와 고모의 아들과
고모 아들의 처와 그들의 아들과 아들의 고모
눈알이 돌아간다 눈알이 돌다 눈물이
난다 이렇게라도 울어서 다행
아니냐 하필 주말이라니
서로의 닮은 점이 어깨에 비듬처럼 쌓여
털고 털어도 월요일 아침처럼 어김없고
좌식 테이블 아래에서

(『문학과사회』 2021 봄호)

서로의 닮은 점이 어깨에 비듬처럼 쌓여
털고 털어도 월요일 아침처럼 어김없고

알던 사람의 부고를 듣고도 가지 않은 날이 있다. 애도하지 않은 죽음은 살면서 점점 더 늘어난다. 심지어 "친족의 울음에 마음이 동하지/않는" 날이 온다. "하필 주말이라니"라는 생각이 스쳐가기까지 한다. 어떤 죽음이 다른 죽음을 덮고, 그 위에 아무렇지도 않게 흘러가는 일상의 시간을 덮으며 고요라고, 평화라고 여기는 날들이 있다. 다 쓴 달력을 뜯듯 버려졌던 수많은 그런 날들이 "예상과 회상이 교차하는 무릎"처럼 그저 불안한 떨림을 남기고 사라졌다. 친족의 죽음을 슬퍼하는 자리에서 사랑하는 사람이 없다는 사실은 슬프다. 시적 화자는 "이 자리에 모인 사람들을/사랑하던 날도/있었다"고 무감정하게 회상하며 "눈알이 돌아간다 눈알이 돌다 눈물이/난다 이렇게라도 울어서 다행"이라고 냉소적으로 말한다. 그러나 그가 자신의 내면을 바라보는 신랄한 눈길은 그런 자신의 황폐해진 내면에 대한 비판적 인식을 반영한다. 어쩌면 우리는 달력을 뜯으며 아직 끝나지 않은 시간을 찢고 있는 것일 수도 있다. 다른 이들의 달력들을 불태우면서 세상이 따뜻하다고 믿고 있는지 모른다. 그런 생각들은 두렵고, 그렇기 때문에 쉽게 잊거나 외면하게 된다. 하지만 두려움을 말함으로써 두려움을 이겨내는 것이 문학의 방식이다.

장례식장에 모인 친족들의 "서로의 닮은 점이 어깨에 비듬처럼 쌓여/털고 털어도 월요일 아침처럼 어김없"는 것처럼, 사람들은 서로에게 무관심한 순간에도 연결되어 있다. "서로의 닮은 점을/탓"하고 싶은 마음이 든다 해도, 그 사실은 변하지 않는다. (b)

오달만

손택수

집안에 대대로 내려오던 논을 아버지는
물방실이라고 불렀다
논에 물이 들어오면 논이 방실방실 웃는다고
그걸 보는 사람도 흐뭇하게 방실이가 되고 만다고
물방실이를 이야기할 때는
물방개가 그리는 파문 같은 것이 입가를 맴돈다
한번은 아버지의 노름이 들통나서
갓 젖을 뗀 나를 업고 큰댁에서 쫓겨나게 되었는데
저녁나절 모를 흔들고 가는 바람처럼 이쁜 게 있간디
아무리 엄하신 할아버지라고 별수 있간
그 논흙을 떠 와 집벽을 바르고
대나무 뼈에 발라 지붕에 얹기도 했던
아버지는 물방실이 앞에서 딱 한 번 운 적이 있다
속 모르고 방실거리는 물방실이를 판 날이었다
모내기하던 날 발바닥 오목한 데 찰싹 달라붙던
찰진 흙가슴팍을 다시 어디서 만날 수 있을 것인가
국(國)이나 도(道)나 군(郡)이나 면(面)이나 리(里) 같은
행정 단위의 지명들에선 도무지 느낄 수 없는 실감
이제 나의 땅이 아닌 물방실이에 관해 듣다 보면
난민도 아닌 내가 왜 난민인 줄 알겠다
내란과 외침을 경험하지 못한 내가
북간도로 블라디보스톡으로 사할린으로
유랑하던 사람들처럼 떠돌고 있는 줄 알겠다

(『딩아돌하』 2021년 겨울호)

물방실이를 이야기할 때는
물방개가 그리는 파문 같은 것이 입가를 맴돈다

"오달만(odalmann)"은 스칸디나비아반도에서 지칭하는 자유인이다. 화가의 작품이 다른 사람의 손에 넘어갔다고 하더라도 제작자가 그대로 유지되듯이 "오달만"은 토지를 매각하거나 몰수당해도 소멸하지 않는 권리를 갖고 있다. 토지가 팔렸다고 하더라도 그 땅에 밴 체취, 분위기, 이야기, 추억 등은 팔릴 수 없는 것이다.

작품의 화자는 집안 대대로 내려오던 논을 아버지가 "물방실"으로 불렀던 것을 떠올린다. "논에 물이 들어오면 논이 방실방실 웃는다"고 불린 것이다. 아버지는 "물방실이를 이야기할 때는/물방개가 그리는 파문 같은 것이 입가를 맴"돌 정도로 신났다. 그러했던 아버지가 "물방실이 앞에서 딱 한 번 운 적이 있"는데, 그 논을 판 날이었다. 아버지는 "모내기하던 날 발바닥 오목한 데 찰싹 달라붙던/찰진 흙가슴팍을 다시 어디서 만날 수 있을 것인가" 하며 아쉬워했다. 화자는 아버지의 그 이야기를 떠올리면서 고향을 떠나온 자신이 난민인 것을, "오달만"인 것을 다시금 깨닫는다. (c)

불시착

신이인

운석이 떨어지고

거실 바닥이 패였다
원한 적 없는 모양으로

별이네
선물이야
집 바깥에 선 외계인들이 웅성거렸다

옮길 수 없는 돌이었다
가만히 보고 있으면 두려워진다
손바닥을 댔다가도 몇 발짝 떨어져서 의심해보았다
별이라고

소원을 빌었던 적을 셀 수 없었다
누구에게로 어디로 갔는지도 알 수 없는

길 잃은 기도들은 별을 희망했는데
이젠 뭐
우주의 미아로

잘 살아갈 테지
여기면서 내심 묘지를 만들었다

바라는 것을 묻고 십자가를 세우고 그 위에 밥을 눌러 삼켰다
노력했다
빛이 없더라도 괜찮지
크리스마스가 되면 가짜 별 같은 것을 사서 달 수도 있고
신께서 보시기에 좋을 수도 있지
밥알을 씹고 또 씹었다

설거지를 하면 큰 소리가 난다
때로 초인종 누르는 소리가 더 컸다
택배입니다
아무도 안 계세요
무시하고 더 세차게 그릇을 씻었다

등기요
방송국에서 왔는데요
물 한잔 마실 수 있을까요
관리실인데요

모두 이 집구석을 구경하러 온 게 맞다

성탄절이다
가장 낮은 곳에 도착한 선물이 깜짝 놀란다
세상에

아무것도 안 했는데 벌써 내 몸이 부서져 있어요

구멍 난 지붕으로 보는 야경이 원래 이렇게 예쁜 거였나요
악의라고는 한 톨도 없이

나도 멀리서 보면 별 비슷할까요
그럼 뭐해요
평생 난 나를 멀리서 볼 수 없을 거 아닌가요

멀리서 온 소원 하나가 초인종을 누르고 눈치를 봤다
너무 춥습니다 배고픕니다 밥을 주세요

회색 먼지 뭉치를 굳힌 것 같은 운석이 거실에 드러누웠다
울었다
원한 적 없었다고 했다

(『릿터』 2021년 4/5월호)

소원을 빌었던 적을 셀 수 없었다
누구에게로 어디로 갔는지도 알 수 없는

운석이 지구에 떨어질 확률, 그것도 바다가 아닌 육지, 그것도 사람이 사는 집의 지붕에 떨어질 확률은 정말 희박한 것이다. 사람들은 발생 확률이 매우 낮은 것에 높은 가치를 매긴다. 그러니까 어느 날 운석이 지붕 위에 떨어졌다면 매스컴에 보도될 정도로 엄청난 행운이 찾아온 것이다. 그러나 '불시착(不時着)'의 축어적 의미 그대로 '뜻하지 아니한 때에 찾아온 것'은 당사자에게는 행운일 수도 있고 아닐 수도 있다. 의지나 노력이나 바람과 상관없이 우연히 닥쳐온 것이 우리의 삶을 변화시킬 때 그것은 신이 내린 기회의 선물일까? 화자는 "원한 적 없었"던 것이 "원한 적 없는 모양으로" 떨어진 결과에 대해 두려움을 느낀다. 수없이 기도하고 바랐던 별을 이미 마음의 묘지에 묻어버린 후에는 이제 별이 아니라 밥이 필요한 것이다. 밥을 씹고 삼키며 빛을 포기하고 가짜 별에 만족할 수 있게 된 나에게 불시착한 운석은 멀리서 바라보는 타인에게나 부러움의 대상일 뿐이다. 예기치 않은 행운이 우리의 삶에 선물이 되는가는 결국 시차와 거리에 달려 있는 것이다. 그러니 저 희박한 행운이라는 것이 내가 소원하는 때에 내 지붕 안으로 찾아오기란 얼마나 어려운 일인가. 그래서 우리들의 소원은 늘 춥고 배고픈 것인지도 모른다. (a)

아내가 웃던 날의 맹세

신좌섭

오랜 세월 그늘진 아내 얼굴에 화색이 돈다.
밥을 짓다 농을 하다 깔깔 웃으니
반가운 마음보다 걱정이 앞선다.
늘그막에 바람이 들었나?
무심히 타박하니 또 웃는다.

무의식 잠겼던 기억이 떠오른다.
풍랑에 난파선 떠오르듯,

지난밤 꿈에 아이를 만났다 했지

멀리 떠난 아일 꿈에 봤다고
마냥 웃는 걸 보니 시샘이 난다.
아이는 왜 내 꿈엔 오지 않는 걸까?

영문 모르고 가라앉은 배에
아이를 묻은 부모의 세월은
어떤 걸까? 그들 꿈에도
아이들이 나와주면 얼마나 좋을까
손잡고 함께 거리를 걷고 깔깔
웃어대고 그렇게 찾아와서
놀아주면 얼마나 좋을까?

배 잠기는 광경을 보며 내 아이가
아니어서 얼마나 다행인가 가슴
쓸어내리던 날을 후회한다.

다시는 그런 생각 하지 않으리라
내 아이가 아니어서라는 말은
평생 입에 올리지 않으리라
얼마나 어리석은 말인가

내 아이가 아니어서라는 말은,
요행처럼 살아주어 다행이란 말은,
막아주지도 지켜주지도 못하면서
요행처럼 살아주어 고맙다는 말은
다시는 떠올리지 않으리라.

(『신생』 2021년 여름호)

무의식 잠겼던 기억이 떠오른다.
풍랑에 난파선 떠오르듯

작품의 화자는 아내가 "밥을 짓다 농을 하다 깔깔 웃으니/반가운 마음보다 걱정이 앞선다". 그 이유는 아내는 오랜 세월 동안 그늘진 얼굴이었는데 근거 없이 화색이 돌기 때문이다. 그리하여 "늘그막에 바람이 들었나?" 하고 무심히 타박을 해보는데도 아내는 웃음을 그치지 않는다. 화자는 그 순간 "멀리 떠난 아일 꿈에 봤다고" 한 아내의 말을 떠올린다. 화자는 "아이는 왜 내 꿈엔 오지 않는 걸까?"라며 시샘을 내기도 한다.

그러면서 화자는 "영문 모르고 가라앉은 배에/아이를 묻은 부모의 세월은/어떤 걸까?"라고 궁금해한다. 아울러 그들의 꿈에도 아이들이 찾아와주면 얼마나 좋을까, "손잡고 함께 거리를 걷고 깔깔/웃어대고 그렇게 찾아와서/놀아주면 얼마나 좋을까?" 하고 희망한다. 아울러 배가 잠기는 장면을 보며 "내 아이가/아니어서 얼마나 다행인가 가슴/쓸어내리던 날을 후회한다". 자신의 이기심을 반성하며 "다시는 그런 생각 하지 않으리라"고 다짐하는 것이다.

"가라앉은 배"는 2014년 4월 16일 침몰한 여객선 세월호이다. 세월호는 4월 18일 완전히 침몰해 안산시 단원고등학교 학생을 포함해 476명의 탑승객 중에서 미수습자 5명을 포함해 304명이 사망했다. 침몰한 배에서 하늘나라로 간 아이들은 얼마나 무서웠을까. 그 아이들 부모의 마음은 지금도 얼마나 아플까. (c)

역류

신철규

물고기를 닮은 식당 주인의 손은 미끈거리고 축축했다

넌 표정만 봐도 다 알아
피부 위에 감정이 흐르는 사람
전류처럼 지나가는 저것

감정이 표정 속에 은근히 떠오를 때
더운 증기를 씌운 물수건이 얼굴에 덮여 오는 것을 느낀다

하나의 빗방울에 대해 생각한다
처음 돋아날 땐 물고기알 같은 물방울이었다가
고무줄처럼 늘어진 선이 되었다가
툭툭 끊기는 면발 같은 선이었다가
최종적으로 물방울이 되어 으깨지는

빽빽한 빗줄기 너머로 외눈박이 거인의 동공이 얼비친다

상대적으로 차갑기 때문에 더 어두워 보이는 것
상대적으로 어둡기 때문에 더 차가워 보이는 것
발끝에 소름이 고인다

색이 짙다는 것은 색의 입자들이 촘촘하게 모여 있다는 것
어떤 빈틈도 없이 완벽하게 색을 채울 수는 없다

풍선에 바람을 불면 색이 옅어진다
사색이 되어가는 것들
금방이라도 터져버릴 것 같은 핏기 없는 얼굴

몸을 한껏 웅크리면 척추가 살을 뚫고 튀어나올 것 같다

한껏 뒤틀면 우두둑 실밥이 터지는 인형처럼
마음을 한껏 웅크리면 숨겨진 가시들이 튀어나올 것 같다

목구멍 속에 빗방울 하나가 매달려 있다
글썽거리며 느린 피가 얼굴로 번져간다

(『시로여는세상』 2021년 겨울호)

색이 짙다는 것은 색의 입자들이 촘촘하게 모여 있다는 것
어떤 빈틈도 없이 완벽하게 색을 채울 수는 없다

시인은 늘 "목구멍 속에 빗방울 하나가 매달려 있"는 심정으로 산다. 빗방울은 곧 미끄러져 흘러내릴 준비를 하며 위태롭게 매달려 있다. 목구멍 속의 빗방울은 다양한 모습으로 변화할 수 있는 잠재력을 가진 존재다. "처음 돋아날 땐 물고기알 같은 물방울이었다가/고무줄처럼 늘어진 선이 되었다가/툭툭 끊기는 면발 같은 선이었다가/최종적으로 물방울이 되어 으깨지는" 그런 빗방울인 것이다. 시인의 목구멍 속 그 물방울은 시가 되기 전에 고여 있는 작은 언어의 파편이다. 모든 언어는 잠재성을 품고 있는데, "상대적으로 차갑기 때문에 더 어두워 보이는 것/상대적으로 어둡기 때문에 더 차가워 보이는 것"에 대한 자기만의 감각으로 가능성을 열어가야 하는 것이다. 그래서 시인은 스스로의 감각을 더 예리하게 다듬어야 하지만, "감정이 표정 속에 은근히 떠오를 때/더운 증기를 씌운 물수건이 얼굴에 덮여 오는" 상황에서 감각은 쉽게 무력화되고 만다. 살면서 우리가 감정을 숨기고, 하고 싶은 말을 삼켜야 하는 상황은 얼마나 많은가. 우리 안의 빈틈들이 사라지도록 외부에서 억지로 주입되는 공기에 풍선처럼 부풀어 올라야 하는, 질식해버릴 것 같은 일상이다. '빈틈'이 있어야 자기만의 감각을 채워 넣을 수 있고, "어떤 빈틈도 없이 완벽하게 색을 채울 수 없"음이 분명한데도 강제로 주입되는 것들로 인해 우리는 "금방이라도 터져버릴 것 같은 핏기 없는 얼굴"이 되고 만다.

그러나 시인은 원래 "피부 위에 감정이 흐르는 사람"이다. 시인이 자신을 지키기 위해 "마음을 한껏 웅크리면 숨겨진 가시들이 튀어나올" 것이다. 갈증에 시달리는 사람에게는 아주 작은 물방울만이라도 생명을 이어나갈 수 있는

힘이 된다. “글썽거리며 느린 피가 얼굴로 번져”갈 수 있는 것이다. 그래서 시인은 “하나의 빗방울에 대해 생각한다.” 그것을 잃지 않으려고 생각하고, 또 생각한다. (b)

재구성

안미옥

그 말을 들을 땐 눈보라를 생각했다
그치지 않는 눈보라 한가운데 서 있는
작은 사람

외투도 우산도 없이
빛도 어둠도 없이

한 번 시작되면
죽을 때까지 계속해야 하는 일이 있다

말해봐

옛날 일기를 읽으면 다 생각이 나니까
읽기 싫었다

무거워서
시작을 할 수 없으니까

나는 그만 깊어지고 싶지 않아요
영원을 본 적 없어요

영원히 아름답고 영원히 믿고
영원히 사랑하는 것

무섭잖아요

모든 일기는 옛날 일기가 된다

작은 사람에게 말했다

안내받지 못하며 자란 사람은
스스로 안내자가 되어야 한다고

해본 적 없어요
말하고 나서

한번 해본다

아무도 없는
작은 사람들이 보였다

쓰다 만 것과 쓰고야 만 것이
모두 남는다

그러면 그것대로
나는 나에게 영원한 안내자가 되어준다

(『현대시』 2021년 4월호)

안내받지 못하며 자란 사람은
스스로 안내자가 되어야 한다고

누군가 우리에게 "말해봐"라고 한다면 그때부터 머릿속에서 재구성이 시작될 것이다. 머릿속 기억과 생각으로 뒤엉켜 있는 것을 밖으로 꺼내기 위해 다시 새롭게 구성하려 할 때 우리는 "그치지 않는 눈보라 한가운데 서 있는/작은 사람"을 불러내고 있는 것은 아닐까. 기억은 무거워서 싫다고, 깊어지고 싶지 않다고, 영원한 것은 무섭다고 말하는 "작은 사람"은 어쩌면 나의 옛날 사람, 나의 과거, 영원히 자라지 않는 나의 어린아이인지도 모른다. "한 번 시작되면/죽을 때까지 계속해야 하는 일"은 시간의 눈보라 속에 서 있는 작은 사람을 안내하는 일, 영원히 자라지 않는 나에게 "영원한 안내자"가 되어주는 일일 것이다. "안내받지 못하며 자란 사람은/스스로 안내자가 되어야 한다"는 말은, 그러니까 내가 나에게 전하는 삶의 노하우이자 따뜻한 위로라 할 수 있다. "해본 적 없어요/말하고 나서" 한번 해보는 일이 반복된다면 조금은 가벼워지고 조금씩 깊어지고 조금 덜 무서워질지도 모르니까. 그런데 이 시는 시인의 쓰기, 쓰기의 재구성에 대한 이야기처럼 들리기도 한다. "아무도 없는/작은 사람들"에게 말을 걸어 "아무도 없는/작은 사람들"을 위한 말을 꺼내는 것, 해본 적 없는 쓰기를 한번 해보는 것, 그러다가 "쓰다 만 것과 쓰고야 만 것"이 남으면 그것대로 꽤 든든한 안내자가 되어주는 것, 그리하여 안내하는 자와 안내받는 자가 함께 가고자 하는 곳에 이르게 되는 것, 이것이 시인이 바라는 시의 길이 아닐까. (a)

어떤 해후

안준철

전날 사진기를 두고 와서
담아 가지 못한 작은 이파리 한 장
그 위에 떨어진 물방울 몇 개

너무나도 작아서
차마 눈에서 지울 수 없었던
반짝이지 않아서
더 순한 눈망울 같았던

남고사 가는 길 산책로 난간
하루가 지났는데 거기 그대로 있을까
바람에 날아갔을까 햇볕에 말랐을까

새벽같이 일어나 달려가보니
아, 그 자리에 있었다!

왜 오지 않을까 왜 오지 못할까
나보다도 더 애를 태웠던지
하루 만에 바짝 마른 모습으로

할머니가 된 소녀를
오래오래 바라보다가 돌아왔다

(『사람의 깊이』 제25호, 2021)

할머니가 된 소녀를
오래오래 바라보다가 돌아왔다

작품의 화자는 사진기를 집에 두고 와서 담지 못한 "작은 이파리 한 장/그 위에 떨어진 물방울 몇 개"를 잊지 못한다. "너무나도 작아서/차마 눈에서 지울 수 없"었기 때문이기도 하지만, "반짝이지 않아서/더 순한 눈망울"이었기 때문이다. 그리하여 화자는 하루가 지났는데 "거기 그대로 있을까/바람에 날아갔을까 햇볕에 말랐을까", 걱정하며 새벽같이 달려가보았다.

화자의 간절함이 전해졌는지, 그 물방울은 "그 자리에 있었다". 화자는 그 물방울에 대한 고마운 마음으로 좀 더 가까이 다가가 들여보았다. "왜 오지 않을까 왜 오지 못할까/나보다도 더 애를 태웠던지/하루 만에 바짝 마른 모습"이 마치 "할머니가 된 소녀" 같았다.

우연히 마주친 작은 물방울조차 무시하지 않고 귀한 인연의 상대로 여기는 화자의 마음은 따스하다. 오래오래 바라보다가 집으로 돌아온 화자의 마음에는 물방울들의 순한 눈망울이 그득하다. (c)

소나무 방정식

오새미

벼랑 끝에 매달린 소나무 한 그루
어쩌다 저 낭떠러지에 터를 잡았을까
모진 바람도
단단한 뿌리를 흔들지 못한다

세파에 부대껴 온몸이 근육질인 남자
등이 솟고 키까지 작아
뙤약볕이 그의 일터
죽기 살기로 암벽을 붙든다

타들어가는 갈증과 씨름하고
아득한 절벽을 마주 본다
위기의 벼랑에서
짓눌리는 어깨가 무겁다

한 걸음 한 걸음 바위 속을 파고들 때마다
비상을 꿈꾸는 독수리 날개를 달고
천 길 벼랑을 맨발로
뛰어내리고 싶었을 것이다

깎아지른 절벽에서 얻은 방정식은
폭풍과 강수량이 변수

뿌리와 바위는 등식

가느다란 촉수로 움켜쥐는
그 억센 힘
아무도 끌어내릴 수가 없다

바위를 더듬어 좌표를 새기는 두 손
소나무 힘줄은 벼랑에서 나온다

(『푸른사상』 2021년 겨울호)

바위를 더듬어 좌표를 새기는 두 손
소나무 힘줄은 벼랑에서 나온다

작품의 화자는 벼랑 끝에 매달린 소나무 한 그루를 자신의 아버지로 비유하고, "모진 바람도/단단한 뿌리를 흔들지 못한다"고 인식하고 있다. 그 근거로 세파에 부대낀 아버지가 뙤약볕이 일터인 곳에서 "죽기 살기로 암벽을 붙든" 것을 들고 있다.

"타들어가는 갈증과 씨름하고/아득한 절벽을 마주" 보고, "위기의 벼랑에서/짓눌리는 어깨가 무"거운 아버지는 마침내 방정식을 얻었다. 방정식은 미지수에 특정한 값을 주었을 때 성립하는 등식이다. 화자는 "가느다란 촉수로 움켜쥐는/그 억센 힘/아무도 끌어내릴 수가 없"는 미지수를 파악해내었다. "폭풍과 강수량"이 변수이고, "뿌리와 바위"가 등식이다. 그리하여 "한 걸음 한 걸음 바위 속을 파고"드는 아버지를 새롭게 바라보다가 마침내 소나무의 힘줄이 벼랑에서 나오는 것을 발견한다. (c)

그것

오 은

그것에 대해 말하기 위해 그것을 떠올려야 했다 그것 이전의 것 그것이 아직 그것이 아닐 때 그것으로 여겨지던 것 그것의 이름이 지어지는 데 결정적인 역할을 한 것 그것과 가장 가까웠던 것 그것이 등장하자마자 퇴장할 수밖에 없었던 것 그것은 자라나며 무성해지고 그것과 멀어지며 동떨어진다 직전까지의 과거를 지우고 온전히 그것으로만 기억되려고 한다

별빛이 생기자 별이 사라졌다
산새가 울자 산이 꺼졌다
바닷물이 차오르자 바다가 없어졌다

발음하는 순간,
제 뜻을 잊어버린 단어처럼

(『포지션』 2021년 여름호)

직전까지의 과거를 지우고
온전히 그것으로만 기억되려고 한다

생각은 언제나 언어를 앞선다. 무엇에 대해 말하려면 일단 "그것을 떠올려야" 한다. 언어는 늘 생각보다 모자라고, 창작 과정에서 시인은 한계에 직면하곤 한다. 피할 수 없이 스며들지만 손에는 쥘 수 없는 빛처럼, 시는 이해하기 어려운 미지의 존재이며 시인은 "그것"을 포착하려고 애쓴다. "그것"을 떠올리는 일은 무수한 다른 생각들을 불러온다. "그것 이전의 것 그것이 아직 그것이 아닐 때 그것으로 여겨지던 것 그것의 이름이 지어지는 데 결정적인 역할을 한 것 그것과 가장 가까웠던 것 그것이 등장하자마자 퇴장할 수밖에 없었던 것"이 모두 함께 떠오르는 것이다. 무수한 주변의 것들이 들어와 "그것"에 섞이고 인접한 것들과의 경계는 희미해진다. 어떤 이미지는 다른 이미지를 무력하게 하기도 하고, 여러 이미지가 합쳐지고 이어지며 원본과 "멀어지며 동떨어"지기도 한다. 그러니 시인이 무엇을 쓰는 일은 늘 어려울 수밖에 없다. 새롭게 재창조되는 과정에서 대체되고 변형되기도 하지만, 그렇게 만들어진 "그것"은 그 자체로 생명을 갖게 된다. 하나의 작품은 하나의 존재다. "과거를 지우고 온전히 그것으로만" 기억되려고 하기 때문에, 시들은 서로 다른 숨결을 가지고 있고, 읽는 사람에게 각기 다른 온도를 전한다. 사람들은 별빛을 바라보며 별을 잊고, 산새의 울음 속에 산을 잊는다. 시가 만들어지는 장소는 '세계'다. 그 안에서 시는 탄생하고, "자라나며 무성해"진다. 그리고 처음 태어난 데서 멀어지며, 당신에게 더 가까이 다가간다. (b)

뻐꾸기는 왜 아프리카로 날아가나

원종태

어떤 도요새 무리는 호주나 뉴질랜드에서 출발해 적도를 건너 우리나라 갯벌에 앉는다 얼마간 지친 몸을 추스르고는 땅이 녹고 봄이 폭발하는 시베리아 알래스카 번식지로 날아간다

독수리는 고비사막 태양의 계곡이 얼어붙을 때 몽골 평원의 상승기류를 타고 한반도에 겨울을 몰고 온다 왔다가 날개에 봄을 싣고 고향으로 돌아간다

철새들은 주로 남북으로 위도 이동을 하는데 뻐꾸기라는 족속은 동서로 경도 이동을 한다 지구의 자전을 거슬러 먼 곳 아프리카로 간다 뒷산에서 함께 울던 뻐꾸기가 황해를 건너 중국 인도 미얀마 아라비아해를 넘어 아프리카 동부까지 1만 2천 킬로미터를 날아갔다 가을에 떠나 겨울에 도착했다 이곳은 겨울인데 그곳은 사막이다 봄에 떠나 여름에 역순으로 돌아올 것이다

뻐꾸기는 왜 아프리카로 날아가나 수백만 년 전 우리가 하나의 대륙이었던 때를 기억하기 때문일까 당신이 그곳에 판 우물이 아직도 빛나고 있기 때문일까 고행길을 떠나는 성자처럼 뻐꾸기는 가고 또 온다 도무지 종잡을 수 없고 알 수 없는 저 길 뻐꾸기 로드를 생각하다가 숲을 흔드는 새들의 대화를 꽃이 피어나는 소리를 섬 위를 지나는 달빛을 바람에 줄을 던져 허공을 날아가는 거미를 어떻게 노래하고 그리고 쓸 수 있겠는가

오늘도 수천 수만 마리의 새 떼가 날아가려고 겨드랑이에 웅얼웅얼 꽃을 심는다

(『경남작가』 2021년 하반기호)

이곳은 겨울인데 그곳은 사막이다
봄에 떠나 여름에 역순으로 돌아올 것이다

작품의 화자가 제시한 정보에 따르면 "도요새 무리는 호주나 뉴질랜드에서 출발해 적도를 건너 우리나라 갯벌에" 도착해 살다가 "땅이 녹고 봄이 폭발하는 시베리아 알래스카 번식지로 날아간다". 또한 "독수리는 고비사막 태양의 계곡이 얼어붙을 때 몽골 평원의 상승기류를 타고 한반도에" 왔다가 봄에 고향으로 돌아간다.

그런데 "철새들은 주로 남북으로 위도 이동을 하는데 뻐꾸기"는 "동서로 경도 이동을 한다". "황해를 건너 중국 인도 미얀마 아라비아해를 넘어 아프리카 동부까지 1만 2천 킬로미터를 날아"가는 것이다. 가을에 떠나 겨울에 도착하고, 봄에 떠나 여름에 돌아온다.

화자는 "뻐꾸기는 왜 아프리카로 날아가"는지 궁금해한다. "수백만 년 전 우리가 하나의 대륙이었던 때를 기억하기 때문일까", 아니면 "당신이 그곳에 판 우물이 아직도 빛나고 있기 때문일까" 등을 생각해보는 것이다. 화자는 마침내 뻐꾸기가 가고 오는 길을 도무지 종잡을 수 없다고 토로한다. "숲을 흔드는 새들의 대화"며, "꽃이 피어나는 소리"며, "섬 위를 지나는 달빛"이며, "바람에 줄을 던져 허공을 날아가는 거미" 등에 대해서도 마찬가지이다. 화자의 반성이 자연을 살리고 있다. (c)

경험으로서의 동물원

유계영

서부로랜드고릴라를 본 일은 서울동물원에서의 일이다 검다, 뜨거워

돌아앉은
등부터 엉덩이까지를
훑어보면서

아이스크림을 먹은 일은 유인원관에서의 일이다
충분한 당분과 적당한 수분을 얼린
하얀 유크림을
혀끝으로 파고들면서

춥다, 이제 갈까?
가죽과 피부로 이어붙인 장면을 덮고
우리 쉬러 갈까?

수컷이 죽어서 몇 날 며칠 상심에 잠겨
돌아앉았다는데 검다, 뜨겁구
손을 끼우고 발을 담그면
포근해질 것만 같은데

고릴라가 멋지게 운다
자신의 꽁무니를 졸졸 따라다니는 불행한 관객들을

보기 좋게 따돌리고

고릴라가 고릴라의 방식으로 슬프기 때문에
우리는 광적인 독자가 되어간다 실신 직전처럼
눈과 귀가 멀어간다

한없이 고개를 숙이면 다른 장면이 펼쳐진다
숙일 수 있을 만큼 숙일 때 나의 배꼽만 보이던 것이
더 숙일 수 없을 만큼 숙이면 배꼽 너머가 보인다

오늘 구름은 참 크고 멋지네
하늘을 올려다보려 하면 입이 벌어진다
벌어지는 일은 서울동물원에서의 일이다
약간의 수분과 긴 침묵

입가 좀 닦지 그래?
백기를 건네며 그들이 말한다

(『시로여는세상』 2021년 겨울호)

오늘 구름은 참 크고 멋지네
하늘을 올려다보려 하면 입이 벌어진다

동물원에서 우리는 무엇을 경험하는가. 서울동물원에서 "서부로랜드고릴라를 본 일", 유인원관에서 "아이스크림을 먹은 일"은 화자가 동물원에서 경험한 일이다. 그러나 두 종류의 경험은 질적으로 다른 데가 있다. 아이스크림을 먹는 일은 눈으로 보고 혀끝으로 맛보며 인간을 충족시키기 위해 만들어진 성분을 적당히 즐기는 일이다. 그런데 서아프리카의 열대우림이 고향인 멸종위기종 고릴라를 아이스크림 먹듯이 경험할 수는 없다. 고릴라에게는 함께 살던 수컷을 잃은 사연이 있고 상심에 잠긴 마음 상태가 있고 등을 돌리고 돌아앉은 표현이 있다. 이 닿을 수 없는 낯선 생명체에 대해 "검다, 뜨거워"라고 말하는 것은 경박하고도 경이로운 일이다. "등부터 엉덩이까지를/훑어보면서" 검다고 말하는 것은 쉬운 일이지만, 뜨겁다고 말하기 위해서는 낯선 동물의 체온과 경험해본 적 없는 접촉을 상상해야 한다. "손을 끼우고 발을 담그면/포근해질 것만 같"다는 비현실적이고 놀라운 상상으로부터 "고릴라가 고릴라의 방식으로 슬프"다는 것을 짐작하는 일에 닿을 때까지 동물원에서 인간은 "광적인 독자"가 된다. "나의 배꼽만 보이던 것"에서 "배꼽 너머가 보"일 때까지 고개를 숙인다면, 그러다 크고 멋진 구름을 보기 위해 고개를 들어 올린다면, 동물원에서 "벌어지는 일"은 우리 자신으로부터 가장 먼 곳에 대한 독서가 될 것이다. (a)

그렇게 우리는 안녕하다

윤석정

새 떼가 몰려가는 저녁
바람 떼가 이마에 달라붙는다
파도 떼가 발등에 감긴다
매일 쓰러질 듯 쓰러지지 않고
부서질 듯 부서지지 않고
튕길 듯 튕기지 않는
말랑말랑한 마음의 벼랑
넓고 가파른 벼랑이 바다를 끌어안는다
우리는 벼랑을 딛고 선다
영영 우리가 가닿을 수 없는
수평선을 바라본다
한 세기를 보내는 동안
빙빙 제자리만 돌고 돌았거나
반듯한 선로(線路)만 내달렸다면
우리의 벼랑은 없다
바람 떼가 달려들어도
파도 떼가 휘감아도
뜬눈으로 지새운 밤들
백만 번의 굽이마다 흠뻑 젖은 얼굴들
이 세계 저 세계를 넘나든 심장들
낮이고 밤이고 묻고 또 묻는 안부들
우리는 벼랑에 꼿꼿이 선 등대이니
좌표를 잃은 바람 떼에게 길을 내주고

높이를 잃은 파도 떼를 내치지 않고
낮게 나는 새 떼를 수평선으로 보낸다
손발이 다 잘리고
살갗이 부풀다 사라질지라도
그렇게 우리는 벼랑이다
그렇게 우리는 안녕하다

(『청색종이』 2021년 가을호)

높이를 잃은 파도 떼를 내치지 않고
낮게 나는 새 떼를 수평선으로 보낸다

우리는 안녕하다. 팬데믹 상황은 여전하고 2022년의 현실은 녹록지 않지만 "그렇게 우리는 벼랑이다/그렇게 우리는 안녕하다"라고 시인은 쓴다. 견디는 삶이지만 서로의 안녕을 물을 수 있는 한 우리는 서로에게 의지할 어깨가 되어줄 수 있다. "매일 쓰러질 듯 쓰러지지 않고/부서질 듯 부서지지 않고/튕길 듯 튕기지 않는/말랑말랑한 마음의 벼랑"은 사람들의 걸음을 외줄타기처럼 불안하게 만든다. 그래도 "넓고 가파른 벼랑이 바다를 끌어안는" 것처럼 "우리는 벼랑을 딛고 선다". "영영 우리가 가닿을 수 없는/수평선을 바라"보면서도 그것을 계속해서 꿈꾼다. "빙빙 제자리만 돌고 돌았거나/반듯한 선로(線路)만 내달렸다면" 벼랑을 만나게 될 일 자체가 없다. 앞을 예상할 수 없는 길로 모험을 떠나는 사람만 벼랑을 만나고, 먼 수평선을 향한 시선을 가질 수 있다. "우리는 벼랑에 꼿꼿이 선 등대"라는 마음으로 외줄 위에 서서라도 걸음을 계속 내딛으려 한다. 다른 외줄을 타는 사람들을 위해 빛을 밝혀준다. "좌표를 잃은 바람 떼에게 길을 내주고/높이를 잃은 파도 떼를 내치지 않고/낮게 나는 새 떼를 수평선으로 보낸다". 어떤 삶의 풍파도 벼랑은 끌어안는다. "바람 떼가 달려들어도/파도 떼가 휘감아도" 말이다. 언제든지 외줄에서 떨어질 수 있다는 것을 잘 알기에 거센 바람에도 넘어지지 않게 중심을 잡고, 또 잡는다. "그렇게 우리는 벼랑이다/그렇게 우리는 안녕하다". 비록 "손발이 다 잘리고/살갗이 부풀다 사라질지라도" 계속 걸어갈 수 있다면, 소멸도 그리 두려운 일은 아니다. "백만 번의 굽이마다 흠뻑 젖은 얼굴들/이 세계 저 세계를 넘나든 심장들"이 나와 함께 벼랑을 맞이하고 있기 때문이다. 그래서 "낮이고 밤이고 묻고 또 묻는 안부"는 계속된다. (b)

옥수동 비둘기

윤중목

옥수동 병순이네 다가구주택 옥상 베란다는 동네 비둘기들의 휴게소가 되어버렸다. 하루는 구구 구구구 비둘기 한 마리가 날아와서는 조쪽 갔다 요쪽 갔다 베란다 위에서 종종걸음을 쳐대길래 어제 병순이가 먹고 남긴 포테토칩 부스러길 뿌려줘 봤거든. 그랬더니 황사 먼지 소복이 쌓인 시멘트 바닥에 연방 부리를 콕콕거리며 포테토칩 알갱이만 솜씨 좋게 잘도 발라 먹더라구. 그렇게 하길 다음 날에도, 그다음 날에도, 또 그다음 날에도…… 이제는 숫제 식구 몇까지 데리고서 한 대여섯 마리가 아침이면 쭈우욱 베란다로 모여드는 거야. 김광섭의 성북동 비둘기는 콩알 하나 찍어 먹지 못하고 채석장 포성에 피난하듯 쫓겨 다녔다는데 병순이네 옥수동 비둘기는 그나마 다행일까. 포테토칩 부스러기로 허기진 배를 채우고 푸드덕 지붕마루에 올라앉아 희뿌연 공기에 근시로 변해버린 쌀톨 같은 눈알을 껌벅껌벅하며 떠나온 성북동 파란 하늘을 그리워한다.

(『생명과 문학』 2021년 가을호)

희뿌연 공기에 근시로 변해버린 쌀톨 같은 눈알을
껌벅껌벅하며 떠나온 성북동 파란 하늘을 그리워한다

“옥수동 병순이네 다가구주택 옥상 베란다”가 “동네 비둘기들의 휴게소가 되어버”린 상황은, 어느 날 비둘기 한 마리가 날아와 베란다 위에서 종종걸음을 쳐대며 먹이를 찾기에, 그 전날 먹고 남긴 “포테토칩 부스러길 뿌려”준 것이 계기였다. “다음 날에도, 그다음 날에도, 또 그다음 날에도” 계속 먹이를 주자 어느덧 비둘기는 식구들까지 데리고 와 “아침이면 쭈우욱 베란다로 모여”들고 있는 것이다.

화자는 그 모습을 바라보며 김광섭 시인이 「성북동 비둘기」에서 담은 비둘기의 처지와 비교해본다. 도시 개발로 말미암아 삶의 터전을 빼앗겨 쫓기는 신세로 전락한 비둘기나, 경제적 형편이 나아진 오늘날의 비둘기나, 처한 환경이 크게 달라지지 않았다고 여긴다.

근래에 비둘기가 사람들이 주는 먹이로 인해 살이 쪄 날지 못하는 ‘닭둘기’가 되는 것이 사회 문제로 대두되고 있다. 또한 병원균을 옮기는 ‘쥐둘기’로 불리며 혐오의 대상이 되고 있다. 그리하여 2009년 환경부는 비둘기를 유해동물로 지정해 더 이상 비둘기는 평화의 상징이 아니다. 그렇지만 비둘기를 굶길 수는 없지 않은가. (c)

일회용품에 관한 딜레마

이기리

버려지기 위해 태어난 것들. 한 번 쓰면 버려야 하는 것들에 대해. 할 말이 많아 보인다. 표정은 기다린다. 아직 태어나지 않은 표정을. 인공 눈물을 넣기 위해 고개를 뒤로 젖히면 탁자로 쏟아지는 눈빛들. 위태로운 각도. 한 방울도 남기지 말고 모두 흘려야지. 버릴 땐 대체로 버려지는 순간을 눈에 담는다. 정도 많지. 재활용이란 말을 다 만들고. 그러나 그 말 역시 몇 번만 더 쓰고 버리겠단 뜻이고.

행복한 주말. 손을 잡고 핫도그를 사러 가는 길이다. 라이터를 흔들다 길바닥에 버리고 신호가 끊길까 봐 횡단보도를 전속력으로 달리는 사내. 화장품 가게 안에서 선물을 포장하고 있다. 리본이 예쁘게 묶인다. 저것으로 발목을 묶는다면. 이 부르튼 발을 누가 받아줄 것인가.

기름 속에서 다 튀겨지기를 기다리는 동안 옆에 있는 분식집에서 김밥과 떡볶이도 시킨다. 계산대 위에 단무지와 나무젓가락이 통에 한가득 들어 있다. 환경 보호를 위해 가능하면 젓가락을 가져가지 말라고 종이에 쓰여 있다. 생산된 목적을 잃은 것들에 대해. 젓가락은 버려지지도 못하네. 위안이 되니. 목적을 상실했는데 대체할 목적이 없다. 비닐을 찢어줄까. 검은 봉지를 뒤집어쓰고 저녁을 기다리는 얼굴들. 숨이 막히고.

문에 매달린 종이 흔들리며 청명한 소리를 낸다. 아까 가져가지 못한 게 있어서요. 젓가락을 두 매 집어 나간다. 아까 그 사람인가. 맞다, 손. 잡아야 할 손을 놓쳤어. 다시 핫도그를 받으러 가고. 손을 잡는다.

놓기 위해 뻗는 손.

케첩을 다 짠다. 남기면 약해지는 마음. 내일을 버리기 위해 흐르는 오늘. 수챗구멍을 막기 위해 자라나는 머리카락. 치워야지. 흘린 설탕은 닦아. 맛있니. 혼자 있어서 생각을 그리 오래 하니. 먹을 땐 먹는 거에만 집중해야 된다. 남기지 말고. 후련해지겠니.

(『문학동네』 2021년 여름호)

버려지기 위해 태어난 것들
한 번 쓰면 버려야 하는 것들에 대해

시인은 우리의 일상의 행위들과 그것의 토대가 되는 시스템, 거기에 작동하는 사고방식의 취약함과 모순을 보여준다. 일회용품이란 편리함을 위해 만들어낸 것일 텐데, "한 번 쓰면 버려야 하는 것들"은 우리를 불편하게 만든다. "버릴 땐 대체로 버려지는 순간을 눈에 담는" 행위가 인간적인 정(情)의 증표가 될 수 있을까? '재활용'이라는 말을 만든다고 불편함과 죄책감이 해소되는 것일까? 통 한가득 들어 있는 일회용 나무젓가락 옆에 "환경 보호를 위해 가능하면 젓가락을 가져가지 말라"는 종이를 붙여놓으면 위안이 되는 걸까? 케첩을 끝까지 짜고 먹을 것을 남기지 않으면 후련해지는 걸까? 인공 눈물을 넣고, 다음 신호는 없다는 듯 전속력으로 횡단보도를 건너고, 리본으로 선물을 포장하고, 비닐에 쌓이거나 검은 봉지에 든 것들을 꺼내고, 맛있는 핫도그를 위해 기름과 케첩과 설탕을 사용하는 우리는 "내일을 버리기 위해 흐르는 오늘"을 사는 것 같다. 시인은 우리들의 평범한 일상을 나열하는 가운데 "정도 많지", "위안이 되니", "비닐을 찢어줄까", "숨이 막히고", "아까 그 사람인가", "치워야지", "맛있니", "후련해지겠니" 등의 혼잣말 같기도 하고 잔소리 같기도 하고 비아냥 같기도 한 구어투의 말을 끼워 넣고 있다. 이 말들에 채여 멈칫하는 순간, 우리의 생각과 행동과 일상 자체가 순간을 모면하는 일회용 욕망에 기대고 있음을 알게 된다. 오늘을 살기 위해 내일을 버리는 현대식 라이프 스타일이야말로 거대한 일회용품이 아니겠는가. ⓐ

한낮의 고궁 산책

이다희

노래를 잘 부르는 사람을 보면 나도 노래를 잘 부르고 싶어져
나에게도 아름다운 목소리가 있었다면 어땠을까
눈을 감고 노래를 부를 때
내가 보는 것을 당신들도 봅니까

초조할 때마다 귓불을 만지는 건 오래된 습관이고
왼손을 들어 왼쪽 귓불을 만지작거리면 안심이 된다
어느 순간부터는 귓불을 만질 때 슬며시 초조해지기도 했지

초조하다는 건 문밖에 오래 서 있었다는 뜻이죠
어제는 어쩔 수 없이 비를 맞았습니다

비 온 뒤 거미줄은 위험하게 반짝거려
누군가 힘껏 허공을 향해 뛰다 허공에 부딪친 자국 같아
여기까지라는 표시 같아요
해봤는데 여기까지였다고 말을 하네

남의 집을 내 생각대로 만들어놓고 주변을 둘러봐
여기는 왕이 잠시 살았다는 곳인데 산책하기 좋은 곳이군
나는 이곳에 살아본 적 없어서 살아도 좋은 곳인지 모르겠지만

산책하기 좋은 곳임에는 틀림없어

하지만 이제는 거미도 없고 왕도 없네요

왕도 비를 맞은 적이 있을까
입고 있던 옷이 젖어질 때 왕은 난처했을까
햇빛을 받아야 건강에 좋다는 이야기를 들었습니다

나는 가만히
목을 빼고 얼굴 가득 햇빛을 받아요
햇빛에 더 깊숙이 얼굴을 파묻어요
깊이 파묻으려 할수록 고개를 더욱 높게 들어야 한다는 사실이
마음에 듭니다

점심시간이 끝나가요 이제는 나왔던 곳으로 들어가봐야 합니다

(『문학과사회』 2021년 여름호)

목을 빼고 얼굴 가득 햇빛을 받아요
햇빛에 더 깊숙이 얼굴을 파묻어요

근무 일과 중 점심시간이나 도심 한가운데의 고궁은 잠깐의 일탈이나 순간의 여행을 가능하게 하는 시공간이다. 이 시는 한낮의 고궁 산책과 산책 중의 사색을 잔잔하게 서술하고 있지만, 이 평화로운 일탈의 시간 뒤에는 무겁고 길게 자리하고 있을 생활의 고단함과 피로가 짙은 그림자로 깔려 있다. "초조할 때마다 귓불을 만지는" 오랜 습관은 초조가 항상적 감정이라는 것을, 나의 왼손으로 나의 귓불을 만지는 것 외에는 위로가 없다는 것을 보여준다. "문밖에 오래 서 있었"던 사람, 어제도 "어쩔 수 없이 비를 맞았"던 사람은 늘 "여기까지"라는 세상의 거절 앞에 놓여 있는 사람이다. 빗방울이 맺혀 선명해진 거미줄을 보고 "누군가 힘껏 허공을 향해 뛰다 허공에 부딪친 자국"을 떠올리는 화자는 실패와 포기와 상처에 익숙해진 사람일 것이다. 어디를 가나 "여기까지라는 표시"가 길을 막고 서 있는 세상에서 "산책하기 좋은 곳"은 어떤 표시도 없는 유일한 구석, 고개를 높게 들 수 있는 예외적 장소인지도 모른다. 하지만 여기서 살았던 왕도 비를 맞고 난처했던 적이 있었을 거라 생각하면 '살기에 좋은 곳'은 없는 것이 아닐까. "이제는 나왔던 곳으로 들어가봐야 합니다"라는 마지막 문장은 한낮의 산책은 여기까지라는, 삶다운 삶의 짧은 순간이 끝나간다는, 예정된 또 하나의 거절인 것이다. (a)

허밍은 거침없이

이병철

잉어는 평화롭게 헤엄치지만
물을 벗어날 수 없고
물은 거침없이 흐르지만
보를 넘어갈 수 없네

물을 벗을 수 없는 잉어의 자유와
보를 넘을 수 없는 물의 질주는
악보 안에서 평생을 사는 바이올린처럼
아름답고 성실한 반복을 연습하는 중

잉어는 평화롭고 물은 거침없고
바이올린은 느릿느릿 헤엄치다 격렬히 달려가고
나는 그 반복 속을 걷다가
새로운 해석에 또 실패한다

물을 벗어날 수 없는 잉어가 머릿속으로 헤엄쳐 오고
보를 넘을 수 없는 물이 오후의 감정을 파랗게 적시고
악보 밖으로 나온 바이올린이 내 허밍을 연주해도
불가능한 것은 다 생각 안에만 있네
생각이라는 단어를 사랑으로 바꿀 수도 있겠지만

잉어와 물은 음악처럼 흐르고
강이 얼면 흐르는 것에서 음악이 분리되고

멈춰버린 반복은 또 다른 반복으로 흐른다는 내 생각이
비로소 풍경이라는 불가능을 자유롭게 풀어놓을 때
나는 천변에 살지 않으면서
천변을 벗어날 수 없는 귀신이 되었네

이제 생각은 평화롭고 허밍은 거침없고
바이올린은 같은 곡을 연주하지만
다르게 듣는 귀가 생겼다 얼음이 녹아
물이 흐르고 잉어가 헤엄치는 천변을 걷는다

해석이 막 시작되었다
해석이라는 단어를 사랑으로 바꿔도 좋다

반복하지 않을 것이다

(『애지』 2021년 겨울호)

불가능한 것은 다 생각 안에만 있네
생각이라는 단어를 사랑으로 바꿀 수도 있겠지만

우리는 일상에서 수많은 반복을 경험하며 산다. 앞으로 나아가기보다는 반복 트랙처럼 왔다 갔다 하며 맴돌기를 선택하곤 하는데, 그러면 결코 길을 잃지 않기 때문이다. "물을 벗을 수 없는 잉어의 자유와/보를 넘을 수 없는 물의 질주는/악보 안에서 평생을 사는 바이올린처럼/아름답고 성실한 반복을 연습하는 중"이다. 그러나 시인이 이러한 반복 트랙 속의 삶을 어리석거나 허망한 것으로 보고 있지는 않다. 그것은 분명 "아름답고 성실한 반복"이며, 그러한 반복들이 이 세상을 유지시킨다. 그러나 세상을 지탱시켜주는 견고한 기둥들이 필요함에도 불구하고, 우리는 가끔 세상의 일부가 무너져내리고 새로운 형태가 생겨나기를 바란다. 또한 그 과정에서 굳건한 일상의 길이 무너지며 또 다른 갈림길이 갈라져 나오기를, 그래서 다른 세상으로 이어질 수 있기를 희망하는 것이다.

"물을 벗어날 수 없는 잉어가 머릿속으로 헤엄쳐 오고/보를 넘을 수 없는 물이 오후의 감정을 파랗게 적시고/악보 밖으로 나온 바이올린이 내 허밍을 연주"하는 그런 시간이다. 시인이 탐색하는 '가능세계'는 생각 안에만 있다. "생각이라는 단어를 사랑으로 바꿀 수도 있겠"다고 시인은 쓴다. "잉어와 물은 음악처럼 흐르고/강이 얼면 흐르는 것에서 음악이 분리되고/멈춰버린 반복은 또 다른 반복으로 흐른다는" 생각을 할 수 있기 때문에 그는 "비로소 풍경이라는 불가능을 자유롭게 풀어놓을" 수 있게 된다. "이제 생각은 평화롭고 허밍은 거침없고/바이올린은 같은 곡을 연주하지만/다르게 듣는 귀가 생겼다"고 시인은 쓴다. "얼음이 녹아/물이 흐르고 잉어가 헤엄치는 천변을 걷는" 그에게 '천변'은 다른 세상이 열리는 공간이다. 시는 우리에게 이 공간으로 향

하는 길을 보여준다. 그 길에 오르는 우리는 이렇게 말할 수 있다. "반복하지 않을 것이다"라고. (b)

나무는 자란다

이성미

내가 잠자는 동안 나무가 자란다
나의 집보다 높이 자라고 봄이 온다
연두 잎이 촘촘 피기 시작하면
나는 나무를 벨 시간을 올해도 놓치게 된다
잎들이 커지고 초록 잎이 붉은 잎이 되고 다시 검은 잎이 되는 동안
나는 자전거에 올라타 페달을 밟는다
식료품을 싣고 강아지를 싣고
자전거는 무거워지고 달린다
나무는 성실하게 자라서 나의 집 창문을 가리고
길을 지나가는 사람들의 모습은 보이지 않고 소리만 들린다
폭우가 쏟아지는 일주일, 어두운 방에서 강아지들과 잠을 자고 나면
공기가 맑아진다
나는 녹슨 자전거를 타고
보고서를 제출하러 간다
일을 하게 해주세요 잘 할 수 있습니다 신청서를 쓰고
일한 돈을 받지 못했어요 받게 해주세요 보고서를 쓴다
나무를 벌레가 먹는다
벌레는 많아지고 나무를 더 먹는다
벌레가 날아다니면 집의 창문을 닫아두고
나는 자전거를 타고 어디든 간다
나무처럼 많은 위원과 의원과 과장과 국장에게
담당관과 사무관에게 간다
나무가 자라는 동안

보고서를 쓰고, 규정이 없습니다 회신을 받고
신청서를 쓰고 거절당하고 또 쓰고
나뭇잎만큼 쓰고 낙엽만큼 쓰고
겨울이 온다
나는 잠을 잔다
겨울이 끝나고 나무를 벨 계절이 오면
나는 녹슨 자전거를 타고 일을 하러 간다
자전거에 바람을 싣고 나를 싣고 어디든 간다
나무는 쓸데없이 자라고 또 자란다
어느 날 나무는 저절로 쓰러진다

(『시로여는세상』 2021년 여름호)

자전거에 바람을 싣고 나를 싣고 어디든 간다
나무는 쓸데없이 자라고 또 자란다

이 시는 '나무의 시간'과 '나의 시간'을 수평적으로 결합하여 일종의 대위법처럼 전개하고 있다. "내가 잠자는 동안" 나무가 자라고 "나무가 자라는 동안" 나는 "녹슨 자전거를 타고 일을 하러 간다". 나무가 자라는 것은 저절로 이루어지는 일이지만, 내가 일을 하는 것은 반복된 시도와 반복된 거절 속에 좀처럼 이루어지지 않는 일이다. 나무의 시간은 순리대로 흘러가는 것, 외부의 질서에 순응하는 것, 주어진 상태를 지속하려는 것이다. 그런데 "나무를 벨 시간을 올해도 놓치게 된다"라는 말에는 저 관성적 힘, 순리에 대한 믿음, 습관적 성실함을 끊어내고 싶다는 생각, 그러나 좀처럼 그렇게 하지 못하는 상황이 담겨 있다. 나는 성실한 나무처럼 수많은 신청서를 쓰고 수많은 보고서를 쓰고 수많은 행정기관을 찾아다니며 제도와 규정에 호소하지만, 성실한 나무가 자라듯이 일자리를 얻어 잘 먹고 잘 살지 못한다. "나는 자전거를 타고 어디든" 가지만 어디서나 거절당한다. 식료품을 사고 강아지를 먹이고 잠을 자는 일상을 유지하기 위해 일을 하고 싶을 뿐인데 성실함의 대가는 없고 계절만 반복해서 돌아온다. "나무를 벨 계절이 오면" 시간의 노예, 습관의 노예, 부조리한 제도의 노예로 살아가는 일을 때려치울 수 있을까. 그러나 비장한 나의 결심이 서기도 전에 나무는 저절로 자랐던 것처럼 어느 날 저절로 쓰러진다. 한 개인의 삶을 돌아보지 않는 무심함에는 자연의 시간이나 인간의 제도나 마찬가지일지 몰라도, 온갖 규정과 행정의 그물망으로 삶을 소진시키는 잔혹함은 인간사에만 있는 것이다. (a)

겨울

이수명

그때 너와 나는 인사를 나누는 잘못을 한 것 같고 겨울이 오는 잘못을 한 것 같다.

겨울이 오면 우리는 잊었던 잘못을 한다.

거리에 서서 거리를 나란히 걸으면서 계속 똑같은 거리를 걸어가는 사람들의 잘못을 좋아한다.

그러면 우리와 비슷한 말을 하는 사람이 있을지도 모른다. 그때 너와 나는 조금 미친 것 같은 말을 햇살이 비친다는 말을 한 것 같다.

해가 짧아지는 충동적인 나무 옆에

처음으로 말을 시작하는 사람이 있을지도 모른다.

우리가 몰아내지 않으면 우리를 둘러싼 이 짙은 안개가 물러날 것이다. 그때 너와 나는 여기저기 생겨나는 안개처럼 보일 것이다.

다가오는 것인지 멀어지는 것인지 알 수 없는 건물들이 터무니없이

안개 속에 너무 깊게 박혀 있는 듯 보일 것이다.

(『청색종이』 2021년 겨울호)

그때 너와 나는 인사를 나누는 잘못을 한 것 같고
겨울이 오는 잘못을 한 것 같다

겨울은 견디는 계절이다. 그래서 어쩌면 삶과 가장 비슷할 수도 있다. 많은 것을 잃고도 버릴 수 없는 희망이 봄처럼 남아 있어 추운 시절을 건너갈 수 있게 한다. 추위 속에서 사람들의 온기는 더욱 그립고, 가까이 있는 존재의 체온이 따뜻함을 깨닫게 되곤 한다. "겨울이 오는 잘못"이 누구에게도 책임이 있지 않은 것처럼, 어떤 관계가 싹트고 자라고 무르익은 후에 점점 시들어 파국을 맞는 일에도 잘못을 묻기란 어렵다. "거리에 서서 거리를 나란히 걸으면서 계속 똑같은 거리를 걸어가는 사람들의 잘못"들은 슬프지만 아름답다. 그리고 서로 조금씩 닮아 있다. "조금 미친 것 같은 말"이 "햇살이 비친다는" 말과 닮은 것처럼. 겨울이 다시 올 것을 알면서도 우리는 여전히 봄을 바란다. 만나고 헤어지는 인연들은 수없이 흘러간 계절만큼 흐릿하게, 마치 안개처럼 남는다. 그래도 우리는 따뜻했던 시절을 마음에 간직한다. "우리를 둘러싼 이 짙은 안개"처럼 미래는 알 수 없다. "안개 속에 너무 깊게 박혀 있는 듯" 보이는, 수많은 건물들이 "다가오는 것인지 멀어지는 것인지 알 수 없는" 막막함 속에서도 우리는 거리를 나란히 걷는다. 함께 걸어가는 그 수많은 사람들의 막막함이 좋다. (b)

사물들

이승희

나는 책상에 앉아 있다
너무 오래되었다
앉아 있다는 사실이 기억나지 않는 어떤 보풀 같았다

그리고 조금 가까워진 화분과 창문의 사이처럼

넌 어떤 사물이니

누군가 내게 그렇게 물었다
이 집에 사람이 살지 않은 지 오래되었어
이 집은 그런 것들로만 가득하니까
누군가 그렇게 대답하는 걸 들었다

창문은 창문을 벗어나려고 안간힘을 쓰고 있다
그것은 남의 일
창문의 높이나 계단을 생각하는 일
재미없기는 마찬가지
나는 아름다움이 뭔지 알 수 없고

사물들은 모두 조금씩 다른 곳을 보고 있다
겹쳐 있어도 그렇다
눈물도 없이 살아왔는데 모두 제 울음에 갇혀 있다

그렇다고 믿는 것이다

없는 너를 만져본다
없는 내가 만져진다

너무 잘 만져진다

없다는 건 그런 거니까
그것만큼 분명한 건 세상에 없으니까

그래도 나는 책상에 앉아 있다
흘러내리는 눈 코 입을 보고 있다
나만 모르는 대답을 듣는다

(『현대문학』 2021년 11월호)

없다는 건 그런 거니까
그것만큼 분명한 건 세상에 없으니까

“넌 어떤 사물이니”라는 질문은 시에 있어서 아주 중요하고 무거운 질문이다. 레비 R. 브라이언트는 『객체들의 민주주의』에서 “사물은 세계에 자신의 비밀을 풀어놓을 순간을 기다리고 있는 역능이며 잠재력”*이라고 했다. 그런데 이러한 사물의 고유한 역능과 잠재성을 인정하려면 고정된 본질이란 없음을 먼저 전제해야 한다. 결코 온전히 파악할 수 없는 존재로서만 사물은 무수한 ‘차이’를 생성해낼 수 있게 되기 때문이다. 이 시의 표현을 빌려 말하자면 “사물들은 모두 조금씩 다른 곳을 보고 있다.” 설사 “겹쳐 있어도 그렇다.” 우리는 사물의 그 분명한 타자성을 받아들여야 한다.

만진다는 행위는 손이 닿도록 근접한 곳에서만 가능한 것이다. 먼 곳에 있는 것들은 접촉하거나 만질 수 없다. “없는 너”를 만져보며 “없는 내가 만져진다”고 느끼는 이유는 우리가 가까이에 서서 서로를 느끼려고 하기 때문이다. 나의 언어로 어떤 객체를 규정하거나, 사물에 ‘나’의 의미를 투영하려고 하는 대신, 사물을 있는 그대로 받아들이며 감각하는 것이다. 물론 타자의 불가해성 앞에서 우리의 감각은 “흘러내리는 눈 코 입을 보고 있”는 것처럼 혼란스러워지곤 한다. 그러나 우리가 혼돈과 이질성을 향해 진정으로 마음을 열 수 있다면 “모르는 대답을 듣”는 일이 가능해질 것이다. 그리고 무수한 의미들이 생성되고, 다시 무화되고, 변이되며 새로워질 것이다. (b)

---

* 레비 R. 브라이언트, 『객체들의 민주주의』, 김효진 역, 갈무리, 2021, 10쪽.

난생처음 설화

이 원

미끄러짐이 계속되는 온몸에 대하여 그 매끄러움에 대하여 변하지 않는 표정에 대하여 놓친 논란에 대하여 마주한 실체에 대하여 그 추상에 대하여 밖을 가져 안을 가지게 된 그 얇음에 대하여 그 밀착에 대하여 서로에게 힘을 사용할 수 없는 둥긂에 대하여 그곳에 가해지는 어떤 충동에 대하여 *부리는 곡선을 뚫고 입술은 그럴 수 없지* 발음하면 데구루루 구르기부터 하는 장소에 대하여 생겨난 빨강에 대하여 그 파동에 대하여 남겨지는 통로에 대하여 빠져나가는 소용돌이에 대하여 흰빛에 대하여 그 광속에 대고 그어지는 성호에 대하여 품는 것이 전부인 타원형에 대하여 조금 덜 뾰족한 곳에 깃드는 숨구멍에 대하여 그 연약함에 대하여 *괜찮아요 혼잣말을 빠져나왔잖아요* 배우지 않고도 알아버린 예의에 대하여 스스로 가라앉는 흙탕물에 대하여 수평선 속의 불에 대하여 세로로 한 번 가로로 한 번 쭉 찢은 종이에 대하여 *내일나의 없는 고양이는 울었고 심장은 검어서 한 번도 밤을 만난 적이 없지* 번지는 잉크에 대하여 이제 막 그은 성냥에 대하여 빛이 맨 처음 떨어지는 위치에 대하여

글씨체를 만드는 중
아직 쓰기 전이라고요
이런 이런 난 그런 줄도 모르고
실례했어요 계속 써봐요

앰뷸런스가 칠흑을 가르며 갔다

우리 뺨을 스쳤다고요

이런 난 그런 줄도 모르고 날씨가 쌀쌀해진 줄 알았어요

요즘 듣는 노래야 어제 듣던 노래야 내일도 듣던 노래야

아직 태어나기 전이라고요

문은 꽃나무 뒤에 있으면 좋겠어요

냄비 계단 모자

꽃병 가방 전등

이런 이런 계속 염원해봐요 거기에서는 당신만 나와요

(『문학과사회』 2021년 여름호)

이제 막 그은 성냥에 대하여
빛이 맨 처음 떨어지는 위치에 대하여

난생설화는 알에서 태어난 신비로운 존재에 대한 설화를 의미한다. 이 시에서 시인은 시(詩)가 태어나는 순간을 '난생설화'를 빌려 표현하려는 것으로 보인다. 이원 시인의 전작인 「접시 안의 달걀」에서 달걀이 "흰 껍질에는 평화와 우울이 오래된 비닐처럼 붙어 있"다고 쓴 것처럼, 태어난다는 일은 희망과 '알'은 평화와 우울이 공존하는 공간이다.

난생설화에서 알에서 태어나는 존재들은 알을 깨고 세상으로 나오지만, 사실 그 기원을 하늘에 두고 있다. 알이 하늘에서 스스로 내려왔다는 자연 천생란적(自然天生卵的)인 난생 모티프와 인간에 의한 것이라는 인위 인생란적(人爲人生卵的)인 난생 모티프를 시의 탄생에 대입시켜 보면 흥미롭다. 시는 인간에게서 태어나는 것일까, 아니면 파블로 네루다의 유명한 시구처럼 "시가 나를 찾아왔어"라고 말할 수 있는 것일까? 시를 쓴다는 창조적 행위는 어떤 생명에 숨결을 불어넣는 일과 같다. 언어는 그 자체로는 무감정한 것이지만 어떤 의미를 형성하는 순간 우리의 마음을 흔들 수 있게 된다. 이 시는 1부와 2부로 나누어진 것처럼 보인다. 1연이 1부이고, 2연부터가 2부인 셈이다. 1연은 수많은 "~에 대하여"를 나열하고 있고, 불특정한 무수한 사물들에게서 의미를 찾는 긴 여정처럼 보인다. 그 의미들이 이어질 필요는 없다. 중간 중간에 다른 목소리가 난입하기도 한다.

2연부터는 대화가 시작되는데, "글씨체를 만드는 중/아직 쓰기 전이라고요"라는 말이 나오고, 이어 다른 화자가 "이런 이런 난 그런 줄도 모르고/실례했어요 계속 써 봐요"라고 대답하는 것을 듣고 있으면 마치 '시인'과 '독자' 간의 대화로 들리기도 한다. 시는 "냄비 계단 모자/꽃병 가방 전등"과 같은 수많은 사물들과의 연결을 시도한다. "계속 염원해봐요 거기에서는 당신만 나와요"라는 구절처럼, '나'는 분절되어 어디에나 조금씩 편재하고, 시인의 염원을 담아 언어와 함께 다시 태어난다. 독자는 그 탄생을 목도하고, 그렇게 또 다른 설화가 시작된다. (b)

터키 아이스크림

이은규

이제 우리 밀고 당김을 시작해보자 밀고 당김으로 밀어를 속삭이자 밀고 당김으로 허공을 깨뜨리자 달콤한 마음을 망가뜨리자 밀고 당김으로 몸을 굽히지 말자 밀고 당김으로 착각하자 밀고 당김으로 춤을 추자 밀고 당김으로 시선을 빼앗자 밀고 당김으로 정지선을 넘어가자 밀고 당김으로 꽃잎처럼 흩날리자 밀고 당김으로 발을 내딛자 아니면 넘어지자 밀고 당김으로 실수하지 않는 실수를 반복하지 말자 밀고 당김으로 무해한 뇌를 선물하자 밀고 당김으로 모국어를 잊자 온 힘을 다해 하찮아지자 밀고 당김으로 눈앞이 하얘지자 밀고 당김으로 이정표가 되자 밀고 당김으로 아름다운 보호색을 가진 새인 척하자 약속처럼 가능하다면 밀고 당김으로 밀고 당김을 가려보자 밀고 당김으로 예쁘게 용감해지자 밀고 당김으로 끝내 밀고 당겨보자 밀고 당김으로 현기증을 견뎌내자 밀고 당김으로 빙빙 도는 봄을 따돌리자 밀고 당김으로 그림자끼리 포옹하자 잠시 멈춤하자 다시 처음인 듯 밀고 당김으로

(『공정한 시인들의 사회』 2021년 11월호)

그림자끼리 포옹하자 잠시 멈춤하자
다시 처음인 듯 밀고 당김으로

이 시는 점성이 높은 터키 아이스크림에 비유하여 관계의 점도를 표현한다. 점성이 높은 물체가 끊어질 듯 끊어지지 않고, 뭉쳐질 듯 뭉쳐지지 않는 것처럼 관계는 밀고 당김 속에서 역동적인 반복을 계속한다. 반복되는 것은 얼핏 보기에 똑같은 것 같지만 미세하게 다를 수밖에 없다. 같은 말을 반복해도 음의 고저와 떨림과 속도까지 그대로 되풀이할 수는 없기 때문이다. 이 시 속 밀고 당김은, 서로의 차이를 긍정하고 둘 사이의 거리가 보존되는 방식으로 이루어지는 사랑의 장면이다.

한병철이 『타자의 추방』(문학과 지성사, 2017)에서 지적한 바대로 '투명사회'를 지향하는 시대적 흐름과 전면적 디지털화는 서로의 간격과 차이를 없애는 '무간격의 동일성'을 확장시킨다. 그러나 간격이 사라지면 차이도 소멸된다. 알랭 바디우가 말한 "절대적 타자성의 경험"을 위해 우리는 너무 가까워지면 밀고, 너무 멀어지면 당겨야 한다. 그 사이에 언제나 조금의 거리가 생길 수 있도록 해야 하는 것이다. 밀고 당김은 "현기증을 견뎌내"며 끝없이 계속된다. 반복 속에서 온갖 행위들이 일어나 차이를 생성한다. "당김으로 그림자끼리 포옹하자 잠시 멈춤하자 다시 처음인 듯 밀고 당김으로"라는 구절처럼 우리는 서로 가까워지며 겹쳐지는 그림자 속에서 잠시 포옹하며 하나가 될 수 있다. 그리고 다시 "처음처럼" 시작하며, 계속 밀고 또 당기는 것이다. (b)

바퀴

이재훈

무슨 자격으로 나를 부르시는 거죠. 이건 아닌데요. 나는 자부심으로 살았는데요.

어찌 그런 말을. 저는 지구 환경을 위해 후원금을 보내고요. 북한 결식 아동을 위해서 기부도 해요. 우울한 날엔 시를 읽기도 하죠. 오늘은 흙냄새를 맡을 수 있을까요.

늘 쓰게 웃어요. 그냥 습관이죠. 지팡이를 던지면 뱀으로 변하는 기적은 제게 없어요. 저는 간단한 삶이 될 거예요. 바뀔 수 없는 결론이 되죠. 들짐승의 삶이 더 괜찮은 사람도 있잖아요.

보이지 않는 것들에 대한 신비로움 같은 거랄까요. 저는 너무 선명해요. 가장 먼저 바닥을 보잖아요. 내장이 터지는 환상을 얻잖아요. 사람들의 눈물이 보이지 않아 좋아요.

집은 불안하고 바깥은 늘 흉터투성이죠. 가만히 있지 않겠어요. 인간을 낭비하겠어요. 용광로에 시간을 넣고 지진을 일으키겠어요. 뼈를 비비고 녹여 물체를 일으키겠어요.

인간에게 속한 말들을 매일 굴리겠어요. 세상의 모든 바퀴에 말을 넣겠어요. 당신을 만나 기쁘게 너덜난 심장을 건네주겠어요. 그것이 숙명이라면 그리 하겠어요.

(『현대시』 2021 12월호)

인간에게 속한 말들을 매일 굴리겠어요
세상의 모든 바퀴에 말을 넣겠어요

우리는 고통을 배워가며 서서히 인간이 된다. 시적 화자는 지구 환경을 위해 후원금을 보내고 북한 결식 아동을 위한 기부도 하는 등 이타적인 실천을 해왔다고 자부하지만 그것만으로는 충분하지 않다는 "부름"을 받는다. 그 '부름'은 외부에서 들려온 것일 수도 있고, 자기 내부에서 울려 퍼진 것일 수도 있다. 그는 자신의 삶을 옹호하려 애쓴다. '시도 읽는 삶'이라는 것이 그 항변이다. 그러나 "오늘은 흙냄새를 맡을 수 있을까요"라고 묻는 것을 보아 그는 현실의 흙 위에 발을 딛고 있지 못하다. 이 시는 그가 '부름'을 받고 삶의 다른 층위로 나오게 된 이후 점점 변해가는 생각의 궤적을 그려낸다. 시적 화자는 '기적' 같은 것은 자신에게 없다고 말하며, 그저 삶에 뛰어들어 현재를 살아가는 "들짐승의 삶"을 선택한다. "보이지 않는 것들에 대한 신비로움"을 지켜내며 "가장 먼저 바닥을 보"고, 눈물처럼 가벼운 감정에 이끌리기보다는 더 깊은 고통에 몰두하려고 한다. 그래서 얻은 것은 "내장이 터지는 환상"이다. "집은 불안하고 바깥은 늘 흉터투성이"라는 사실을 있는 그대로 받아들이고 세계에 가득한 상처들을 목도한 끝에, 그는 비로소 시인이 되어서, 이렇게 말한다. "인간에게 속한 말들을 매일 굴리겠어요. 세상의 모든 바퀴에 말을 넣겠어요. 당신을 만나 기쁘게 너덜난 심장을 건네주겠어요. 그것이 숙명이라면 그리 하겠어요."라고. 시라는 바퀴를 끝없이 굴리는 것은 시인의 숙명이다. 누군가의 가슴에 닿기 위해, 시는 오늘도 깊은 바퀴 자국을 남기며 오래 굴러간다. (b)

연약하게 연초록 물처럼

이진명

아 씨이
아 미친

놀라 멈칫했는데
하오하오 중국음식점 앞을 지나는 중이었다

아 씨이
아 미친

또 튀어나와 멈칫 곁눈질하니
세탁소 앞 정류소를 지나는 중이었다

집 안에서 집 밖에서
아 씨이 아 미친을 이렇게나 입에 달고 살 줄 알았을까
몰랐겠지 몰랐겠지

또 씨이랑 미친이랑은
왜 그리 짝인 거냐
떨어지질 않는 거냐

도대체 길 가다 길바닥에서
뭐가 그리 씨이하고

뭐가 그리 미친일까

씨이에 팔까지는
아니 발까지인가
팔과 발 어느 쪽도 붙이지 못한 걸 보면
아직 나사가 덜 빠졌나 보다

안과 밖 무수한 씨이 때마다
팔과 발 붙일 무수한 기회가 있었는데
씨이 인형을 보란 듯 완성할 수도 있었는데

씨이 노래를 시원히 터뜨릴 위인은 못 되는가 보다
미친 엑스엑스까지는
그럼 얼마나 더 나사를 돌려야 하는지

막 밟은 미끌 길바닥 한 알 감
이미 곤죽이 돼 있던 감을 한번 더 더쳐 밟은 것처럼
남은 나사를 아예 부러뜨려야 하는지
그러니까 제정신을 아예 놓아버려야

놔둬라 아무것도 하지 마라
제정신이라는 게 어디 있긴 있더냐

이젠 아주 노래 같다
계속 익혀 친해진 노래 잃으면 서운키도

스스로한테야 크게 들릴 수도 있었을 것
남이 들었을까 아 미친
창피하고 면구해 놀라길 반복하지만
사실 모깃소리만 한 입술소리

혼잣소리 연약한 단음 흐려지는
나뭇잎 살랑 바람 사르르
마른 입술에 스치는 거라고

일없다
아 씨이 아 미친은
알 수 없는 생활 속에서 무시로 뿌려지는
내 무슨 돌이킴의 노래
무슨 돌이킴인지는 역시 알 수 없는 채로

고칠 일 버릴 일 없어요
나쁠 것 없어요
일없어요

내 입술은 언제나 되게 말라 있고
나뭇잎 살랑 바람 사르르
연약하게 연초록 물처럼

한 방울 또 한 방울
아 씨이 아 미친은
외로운 듯 외롭지 않은 내 물방울 노래

(『문학동네』 2021년 겨울호)

남은 나사를 아예 부러뜨려야 하는지
그러니까 제정신을 아예 놓아버려야

이 시의 화자는 자기도 모르게 입 밖으로 욕이 튀어나오는 일을 반복적으로 겪으면서 스스로에게 당황하고 있다. 처음에는 시도 때도 없이 튀어나오는 욕에 놀라 도대체 "뭐가 그리 씨이하고/뭐가 그리 미친일까" 의아해한다. 그러다가 욕은 왜 짝을 지어 다니는 건지, 그나마 튀어나온 욕은 왜 반쯤 나오다 잘리는 건지, 도대체 어떤 이성의 나사가 붙들고 있는 검열과 억압인 건지 자기 자신을 분석한다. 아예 나사가 빠져 시원하게 욕을 터뜨린다면 '씨이' 끝에 '발'이나 '팔'을 붙여 "씨이 인형"을 완성할 수도 있겠다는 유머를 넘어, 이제는 욕이 "계속 익혀 친해진 노래", 안 나오면 서운할 정도의 노래가 되었다는 여유까지 부린다. "스스로한테야 크게 들릴 수도" 있지만 "사실 모깃소리만 한 입술소리"일 뿐이라고 놀란 마음 다독이고 나면 "고칠 일 버릴 일 없어요/나쁠 것 없어요/일없어요"라는 생각의 전환에 이른다. 온갖 금기를 검열하며 제정신이란 걸 붙들겠다고 종종거리며 살아온 날들이 안타깝고 가여워진다. 그러니까 "아 씨이 아 미친" 다정하게 짝을 지어 후렴구처럼 돌아오는 노래는 지난 삶에 대한 "돌이킴의 노래", 마저 다 튀어나오지는 못해도 반쯤은 풀어질 수 있는 해방의 노래인 것이다. 욕 한 번 못 하고 말라 있던 입술을, 단단하게 조여놓은 외로움을 "연약하게 연초록 물처럼" "한 방울 또 한 방울" 적셔주는 이 노래는 그 어떤 목가나 서정시보다 시적인 것으로 다가온다. (a)

엄마의 걱정

이 철

엄마는 요즘도 오만 가지가 걱정이다
없는 일도 만들어서 한다
우물 속에 얼굴을 들여놓고 혼잣말을 하다가도
다소곳이 앉아 있는 장독간의 장독들을
각중에 들었다 제자리에 놓곤 한다
무릎이 아파 병원 가는 길
제 길만 가면 될 일을
저 할마시는 와 저서 앉았노
보면 엄마보다 젊고
저 노랭이는 저래가 젖이 나오것나
꼬물이들을 보기는 한 건지
하루에 15분이라도 걷기 운동을 하세요
새벽 논물 보고 쟁일 볕 쫓아 띠댕깁니더
그건 운동이 아니라 노동입니다
엄마의 걱정은 어제까지만 해도 한 개도 없던 걱정이다
자나 깨나 여름에는 물조심 겨울에는 불조심으로 엄마와 살았다
곁에 없으면 없는 대로 밝혀오는 새벽녘
철아, 꿈에 너그 아부지가 보이더라
는 말씀으로 여즉 엄마와 산다

(『시현실』 2021년 여름호)

새벽 논물 보고 쟁일 볕 쫒아 띠댕깁니더
그건 운동이 아니라 노동입니다

위의 작품의 "엄마는 요즘도 오만 가지가 걱정이"어서 "없는 일도 만들어" 할 정도이다. 가령 "우물 속에 얼굴을 들여놓고 혼잣말을 하다가도/다소곳이 앉아 있는 장독간의 장독들을/각중에 들었다 제자리에 놓곤 한다". 무릎이 아파 병원 가는 길에서도 마찬가지이다. 갈 길을 가기만 하면 되는데 "저 할마시는 와 저서 앉았노", "저 노랭이는 저래가 젖이 나오것나" 등으로 걱정하는 것이다. 당신보다 젊은데도, 사람이 아닌 동물인데도, 그냥 지나치지 않는다.

병원의 의사는 어머니에게 "하루에 15분이라도 걷기 운동을 하세요"라고 권유한다. 그러자 어머니는 "새벽 논물 보고 쟁일 볕 쫒아 띠댕깁니더"라고 대답한다. 그러자 의사는 "그건 운동이 아니라 노동입니다"라고 말한다. 의사의 이 말은 정답이겠지만, 농사를 짓는 어머니의 삶을 제대로 이해하지 못한 것이다. 농민의 삶은 운동할 시간이 없을 정도로 바쁘다. 그런데도 어머니는 당신의 몸을 아끼지 않고 걱정거리를 늘린다. 세상에 대한 사랑이 넘치는 것이다. (c)

회두

이혜미

응답 없는 밤을 딛고 눈빛이 자라났지 꿰매어진 눈동자에서 출발한 빛

우리는 무엇을 두고 떠나온 걸까 검은 비닐봉지에 담아 내놓은 어제에서 진물이 흐를 때

버려진 기도는 다음날부터 낡기 시작하지
어떻게 알아차렸을까, 내쳐진 자리에 맴도는 공기를

거리는 구겨지고 있어
마음이 흘러 넘쳐 눈을 잃었네
눈물은 때로 눈꺼풀을 바느질하여
투명한 매듭을 짓고

기억 받지 못하는 꿈들의 하수구였지
잊혀진 미래는 오랜 친구처럼 곁을 맴도는데

오래된 솜의 흰빛은 슬프구나
기다리다 터져나온 믿음은
뒤엉킨 영혼의 색깔이었어

궤도를 돌아온 걸까 화려하게 더럽혀진 몸으로

떠나간 불빛에 기대어 속삭인다

얼굴을 돌려줘
다정히 늙어가던 시간을

(『작가들』 2021년 가을호)

응답 없는 밤을 딛고 눈빛이 자라났지
꿰매어진 눈동자에서 출발한 빛

먼 곳에서 보면 세상은 모호해 보인다. 흐릿하고 불분명한 것들은 대개 아름답게 보이기 마련이다. 지금의 시대는 페이스북의 '좋아요' 버튼이 상징하는 '긍정사회'이다. 더러움과 결점이 보정되고, 편집되고 가공된 아름다움과 매끄러움을 만들어 전시할 것을 권하는 사회다. 그러려면 필연적으로 멀리 떨어져서 바라봐야 하지만, 시인은 오히려 더 가까이 다가가서, 세상의 얼굴을 자세히 들여다보기를 택한다. 모든 결점, 티끌, 오염은 가까운 데서만 알아차릴 수 있는 것이기 때문에 시인은 더 근접한 곳으로 향한다. 그러한 노력으로만 "응답 없는 밤을 딛고 눈빛이 자라"날 수 있게 된다. 그런데 여기서 주목되는 것은, "꿰매어진 눈동자에서 출발한 빛"이라는 사실이다. "꿰매어진 눈동자"로 인한 시력 상실은 외부에 의한 것일 수도 있고, 스스로 초래한 것일 수도 있다. "눈물은 때로 눈꺼풀을 바느질하"기 때문에, 슬픔에 빠져 세상을 제대로 볼 수 없는 경우도 있다. 어떤 경우든, 꿰매어진 눈동자 안에는 어둠이 들어차게 된다. 이혜미 시인은 『빛의 자격을 얻어』(문학과지성사, 2021)에서 어둠을 이기는 빛을 얻을 '자격'에 대해 말했다. 어떻게든 실밥 틈새로 흘러드는 빛을 붙잡으려 하는 마음이 '빛의 자격'이라고 할 수 있을 것이다.

최근의 팬데믹 상황에서 우리는 마스크로 얼굴을 가려야만 했다. 신문 기사나 사람들의 소문 속, 혹은 긴급재난문자 속에 등장하는 감염병 환자들, 그리고 그 주변에서 위험에 노출되어 있는 이들은 'n번 확진자' 혹은 '접촉자' 등로 불리며 익명이 되었다. 얼굴을 잃은 사람들에게는 정체성과 인격이 부여되지 않는다. 그렇기 때문에 얼굴 없는 존재인 그들을 향한 사회의 시선에는 배제와 혐오의 감정이 쉽게 스며들 수 있다.

모든 배척된 존재들에겐 얼굴이 없다. 시인은 "기억 받지 못하는 꿈들의 하수구"에서 꿈을 건져내어 "화려하게 더럽혀진 몸으로/떠나간 불빛에 기대어 속삭"이는 소리를 듣는다. 그렇게 오래 바라보고 귀 기울이다 보면, 얼굴이 없는 사람들에게도 점점 표정이 생기고, 언어가 생겨난다. 그렇게 우리는 잃어버린 얼굴들을 시간 속에 되살려낼 수 있을 것이다. (b)

특권

임솔아

펜스 앞에 서 있었다.
현수막을 보고 있었다.

긴급 폐쇄라고 적혀 있었다.
공원 바깥에도 산책로는 있으니까
갈 수 있는 바깥이 아직 좀 더 있었다.

친구가 자기 허벅지를 손바닥으로 때리고 있었다.
10월인데 아직도 모기가 있다면서.

이렇게 태연해도 되는 거냐고
나는 물었다.

태연만이라도 해봐야 하지 않겠냐며
친구는 웃었다.

길에 누군가의 조각상이 있었다.
그 위에서 미끄럼틀을 타고
침을 뱉는 아이들이 있었다.

우리 집 개가 죽었을 때
이제 개소리 안 난다며 기뻐하다

미안해했던 옆집 여자.

그 여자네 집에서 어느 날부턴가
개소리 들려왔을 때
참 듣기 좋다고 꼭 말해주고 싶었는데.

이제 옆집 여자는 소리를 지르지 않고
자주 흥얼거린다.
개가 여자의 허밍에 맞춰 노래를 한다.

동작을 감지했다고
홈캠이 알림을 보냈다. 앱을 켜 보면
집에는 아무도 없고

방에 들어온 햇빛만 펄럭이며 움직이고 있었다.
햇빛이 집 안을 너무 자주 걸어 다녔다.

방에 들어온 햇빛을
색종이처럼 접으며 논 적이 있었다.

반복해서 접으면 유리병에 모아둘 수 있었다.
모으다 보면 왠지 소원을 빌어야 할 것만 같았지만.

망해가는 것도 특권이라는 말을
친구는 들었다.
그 말이 도움이 되었다 했다.
아무것도 빌지 않기로 했다.
그게 우리의 소원이기로 했다.

나는 주머니에 손을 넣어 구겨진 영수증을 꺼냈다.
친구는 주머니에 손을 넣어 햇빛 한 장을 꺼냈다.

걷다가 쓰레기통이 나온다면 버리기로 했다.
없다면 집에까지 잘 가져가서 버리기로 했다.

나는 집에 돌아와 개를 씻긴다.
털에 물이 닿을 때마다 개는 바들바들 떤다.
비명을 지른다. 물이 자기를 죽이기라도 할 것처럼.

따뜻해. 괜찮아. 그냥 물이야.
아무리 말해도 소용이 없다.

(『창작과비평』 2021년 겨울호)

방에 들어온 햇빛만 펄럭이며 움직이고 있었다.
햇빛이 집 안을 너무 자주 걸어 다녔다

시인은 공원에 걸린 "긴급 폐쇄"라는 현수막으로 일상의 정지 상황을 보여준다. 공원을 찾아 산책을 하고 때늦은 모기를 때려잡는 일을 여전히 지속하고 있지만 언제까지 이런 일상이 가능할지 위태로운 시절이다. "갈 수 있는 바깥이 아직 좀 더 있"다는 것은 활동할 수 있는 세상이 점점 사라지고 있다는 뜻이기도 하고, 작고 연약한 존재들이 밀려날 바깥이 얼마 남지 않았다는 뜻이기도 하다. 화자와 친구의 대화에서는 이 폐쇄된 세상을 살아내기 위한 방어적 태도를 엿볼 수 있다. "태연만이라도 해봐야 하지 않겠냐"는 말, "아무것도 빌지 않기로 했다"는 말은 태연하기 어려운 세상, 어떤 소원도 이루어지지 않는 세상을 반증한다. 집 안에는 햇빛밖에 없고, 주머니에는 구겨진 영수증밖에 없는 처지 때문만은 아니다. 예의도, 양심도, 이해도, 배려도 없는 사람들이 문제다. 개를 잃은 나에게 "이제 개소리 안 난다며 기뻐하"는 이웃이나 망해가는 친구에게 "망해가는 것도 특권"이라고 말하는 사람들. 지금보다 더 망할 바닥이 남아 있는 게 특권이라면, 모두가 더 이상의 바닥이 없는 최후의 밑바닥으로 내려가는 게 평등해지는 길일까. "물이 자기를 죽이기라도 할 것처럼" 무서워하는 개에게 "따뜻해. 괜찮아. 그냥 물이야." 아무리 말해도 소용없는 것처럼, 죽을 것 같은 괴로움은 사람마다 다르고 나에게 괜찮은 것이 상대방에게 괜찮은 것은 아니다. "그냥 물이야", 그냥 말일 뿐이야, 이런 말을 할 특권은 개 앞에 선 인간에게도, 사람 앞에 선 사람에게도 없는 것이다. (a)

장생포항 나룻배

임 윤

먹먹했던 팔십 년 봄
도피한 시류의 시간을 갉아먹으며
출렁거리는 계절에 쓸려 항구도 술렁거렸다
갈매기 날개 서늘한 장생포항
먼바다에서 밀려드는 파도가
제 몸 가누지 못한 나무배를 희롱하는 사이
노래미 안주에 소주 댓 병
환상의 섬*에 뱃고동 울리면
뭍에 오른 포경선원들이 앞다퉈 선술집에 스며들었다
더러 갈매기 날개에 엽서를 부치고
술 취한 누군가는 젓가락 장단 노래를 불렀다
건너편 철거를 버틴 용연마을 횟집
노동자 무리가 몰려 흥청이고
조선소 용접 불빛 등지며
불콰한 얼굴들이 나룻배 타고 건너오곤 했다
최루탄 희부연 도심을 떠나
파도치는 대로 청춘의 시간은 중심을 잃어
고래잡이 따라 무작정 떠나고 싶던
항구에 빠진 정유공장 불빛에 마지막 잔을 비우곤 했다

* 장생포 앞바다에 있던 섬(죽도)으로, 윤수일이 노래 제목으로 사용했음.

(『울산작가』 32호, 2021)

파도치는 대로 청춘의 시간은 중심을 잃어
고래잡이 따라 무작정 떠나고 싶던

작품의 화자가 말하는 "먹먹했던 팔십 년 봄"이란 1979년 10월 26일 박정희 대통령이 피살된 뒤 전두환이 이끄는 신군부가 비상계엄을 전국적으로 확대한 상황이었다. 신군부는 집권 시나리오에 따라 예정된 임시국회를 무산시켰고, 국가보위비상대책위원회를 설치했다. 이와 같은 조치에 따라 일체의 정치 활동이 정지되었고, 대학에 휴교령이 내려졌으며, 김대중을 비롯한 정치인과 재야인사가 체포되었다. 또한 신군부는 5 · 18광주민주화운동을 무력으로 진압한 뒤 8월 최규하 대통령을 대통령직에서 물러나게 했다.

이와 같은 상황이어서 화자가 "도피한 시류의 시간을 갉아먹"는 "항구도 술렁거렸다". "최루탄 희부연 도심을 떠"난 그의 "청춘의 시간은 중심을 잃어/고래잡이 따라 무작정 떠나고 싶"었고, "항구에 빠진 정유공장 불빛에 마지막 잔을 비우곤 했다". 정치적 탄압으로 어떤 희망도 보이지 않았기에 선술집에 스며든 노동자들 중에서 "술 취한 누군가"가 "젓가락 장단 노래를 불렀"던 장면은 새삼 먹먹하다. (c)

비싸지?

임지은

냉동된 떡을 전자레인지로 데운다
떡이 따뜻해서 좋구나
전자레인지는 참 좋은 물건이다

근데 얘야, 좋은 것은 비싸지?

세탁기에서 나온 수건을 턴다
엄마는 손목이 예전 같지 않아서
할 수 없는 일이 늘어난다

근데 얘야, 통돌이는 싸도 전기는 비싸지?

검은 봉지로 채워진 냉동실을 연다
엄마, 만두는? 거기 검은 봉지
치킨은? 그 옆 검은 봉지
먹다 만 투게더는? 그 위 검은 봉지

꽁꽁 묶인 것을 풀어보려다
도로 넣은 것이
엄마와 나 사이엔 가득하고

너무 많은 것을 간직하려다

거의 모든 것을 잃어버린 사람처럼

엄마는 물티슈 한 장으로
식탁을 닦고
방바닥을 닦고 휴지통을 닦는다

다 컸단 사실을 잊고 가끔은 나도 닦는다

함께 있으면 시간이 잘 가지 않아서
각자의 방에 머문다

방문을 열어보면 엄마는 각종 영양제를
입안에 털어 넣고 있다
우리 사이에는 건강하지 못한 것이 많아서

엄마, 근데 그거 비싸지?

(『시로여는세상』 2021년 봄호)

너무 많은 것을 간직하려다
거의 모든 것을 잃어버린 사람처럼

"근데"로 시작하는 화제 전환, 밑도 끝도 없이 하고 싶은 말을 불쑥 던지는 말하기는 막역한 사이에서나 가능한 것이다. 예의를 차릴 필요가 없다고 믿거나 너무 많은 것을 공유하고 있다고 믿는 사이. 엄마와 딸 사이는 그런 사이일까? 이 시는 전자레인지, 세탁기, 냉장고, 물티슈 등 쓸고 닦고 먹이고 입히는 데 쓰이는 온갖 생활의 도구들 사이에서 이루어지는 일상적 대화를 보여준다. 이 많은 생활의 도구들에 대한 엄마 나름의 논평과 질문과 사용법은 엄마 자신을 드러내는 것이기도 하고 엄마를 바라보는 나의 시선을 드러내는 것이기도 하다. 좋은 것은 비싸다는 생각을 가지고 있는 엄마, 구입비와 유지비를 구분하며 가성비를 따질 줄 아는 엄마, 몸이 따라주지 않아 할 수 없는 일이 늘어나는 엄마, 모든 것을 검은 봉지에 싸서 냉동실에 채워놓는 엄마, 물티슈 한 장으로 깨끗한 것부터 더러운 것의 순으로 한번에 닦아내는 엄마, 내가 다 컸다는 사실을 잊기도 하는 엄마, 각종 영양제로 건강을 관리하는 엄마. 화자는 엄마와 도구가 맺어온 관계 속에서 엄마와 나의 관계를 발견한다. 엄마와 나 사이에는 "꽁꽁 묶인 것"이 많고 "풀어보려다/도로 넣은 것"이 많고 "건강하지 못한 것"이 많다. "너무 많은 것을 간직하려다/거의 모든 것을 잃어버린 사람"이라는, 엄마에 대한 화자의 생각에는 아득한 연민과 죄책감이 묻어 있다. 그래서 화자는 영양제 얘기를 하듯 화제를 전환해보고 싶은 것인지도 모른다. "엄마, 근데 그거 비싸지?"라는 화자의 마지막 말은 그 모든 것들의 가치와 효용과 비용보다 비싼 무언가에 대한 자문일 것이다. (a)

누 떼

장승리

네 죽음이 방패가 되어

건너는 강

슬픔이 묻는다

無는

왜

전멸을 두려워하는가

(『창작과비평』 2021년 가을호)

슬픔이 묻는다
無는 왜 전멸을 두려워하는가

우리는 사라짐을 두려워한다. 생존을 위해 처절하게 애쓰고 있는 모든 생명이 결국 '무'로 돌아갈 존재라는 사실은 부조리하게 느껴진다. 거대한 자연은 어떤 개체 하나의 소멸을 전혀 신경 쓰지 않는 것처럼 보인다. 우리의 삶이 아무리 소중하고 하나하나의 삶이 아무리 많은 이야기와 의미를 가지고 있다 하더라도 마찬가지다. 그러니 슬픔은 묻는다. 왜 '무(無)'조차 전멸을 두려워하느냐고. 이미 '무'인데 어떻게 전멸할 수 있는지 의아할 수 있지만, 좀 더 생각해보면 '무'가 완전한 소멸을 의미하는 것은 아니라는 사실을 깨닫게 된다. 설사 어떤 존재가 사라져 없어진다 해도 남아 있는 것은 있다. 우리는 이름을 남기거나 아이를 남기고, 그렇지 않더라도 기억을 남긴다. 내가 존재했기 때문에 무언가 바뀐 것이 있다. 한 생명이 생존을 위해 노력했던 동안에 세상에는 미세하나마 차이가 발생했다. 그러니 '무'가 완전한 '전멸'을 의미하는 것은 아니다. 쇼펜하우어는 『의지와 표상으로서의 세계』*에서 우리의 개별적인 존재는 우리의 의식과 연결되어 있으며 "살고자 하는 의지"가 죽을 때까지 계속 존재한다고 했다. 한 사람이 죽은 후에도 그는 미래의 사람들 속에 실재하는 의지로 계속 이어진다. 쇼펜하우어는 이것을 "시간적 불멸(temporal immortality)"이라고 불렀다. 존재와 삶의 본질은 허무이지만 그 무의미함 때문에 오히려 맹목적 의지를 갖게 되고, 의지가 이어지면서 인간은 존속할 수 있다는 것이다. 그러니 우리는 사라지되 소멸하지 않을 것이다. "네 죽음이 방패가 되어//건너는 강"이 마르지 않고 영원히 흐르는 한. (b)

* 관련 내용은 아르투어 쇼펜하우어, 『의지와 표상으로서의 세계』, 홍성광 역, 을유문화사, 2009 참조.

막장의 세월

정연수

배가 기우는 사이, 배는 막장을 기억했다

막장의 옆구리 어딘가 조금씩 무너지고 있었다
석탄 합리화가 아닌 자본의 합리화
광부들은 문 닫은 갱구 앞에서 잠시 주저앉았을 뿐
원망할 여유는 없었다

살려주세요, 구조대는 오고 있는 거죠?
산 자의 마지막 인사는 핏물 든 꽃처럼 붉다

또 만나자며, 안산으로 부천으로 떠나고
터 잡았다고 폐광촌 동료 부르던 세월
안산의 함태탄광 동지는 함우회 만들고
안산의 강원탄광 동지는 강우회 만들고

안산 아이들 탄 배가 기우는 동안
막장은 바다에서도 가라앉기 시작했다

농촌에서 탄광촌으로, 폐광촌에서 공단으로
끝없는 유랑의 세월
바다에다 자식 묻기까지 끝없는 막장

막장은 막장이었다.

(『사람의 문학』 2021년 봄호)

농촌에서 탄광촌으로, 폐광촌에서 공단으로

끝없는 유랑의 세월

위의 작품은 2014년 4월 16일 일어난 세월호 침몰 사고가 폐광 상황과 같은 것으로 인식하고 있다. 1989년 석탄합리화정책의 시행이 "석탄 합리화가 아닌 자본의 합리화"였기 때문에 막장은 무너졌다. "광부들은 문 닫은 갱구 앞에서 잠시 주저앉았을 뿐/원망할 여유"조차 없었다. 세월호 희생자들의 "살려주세요, 구조대는 오고 있는 거죠?"라는 외침은 막장에서 쫓겨나는 광부들의 구조 요청이기도 했다.

석탄합리화정책 시행 이후 광산촌은 급속하게 무너졌다. 하루아침에 실업자가 된 광부들은 살기 위해 부랴부랴 광산촌을 떠났다. "또 만나자며, 안산으로 부천으로 떠"났고, 미처 떠나지 못한 광부들은 터를 잡은 광부들이 부르는 대로 따라갔다. "안산의 함태탄광 동지는 함우회 만들고/안산의 강원탄광 동지는 강우회 만들고" 살아간 것이다.

2014년 세월호 침몰 사고로 말미암아 광부들은 또다시 막장이 무너지는 상황에 직면했다. "안산 아이들 탄 배가 기우는 동안/막장은 바다에서도 가라앉기 시작"한 것이다. "폐광촌에서 공단으로/끝없는 유랑의 세월"을 지내온 광부들이 "바다에다 자식 묻"은 일은 큰 충격이다. "막장은 막장"이라는 말이 더없이 슬프고 아프다. (c)

그래도 그리운 공장

정연홍

마산 수출자유지역으로
진주 상평공단으로
울산 석유화학단지로 떠나가고

호송이 따라 출가하고 싶었으나
자동차 하청 공장에 취직
중고차 사고 집사람 만나 살림을 시작했고
사십 넘어 운동판에 뛰어들어 머리띠 둘렀고

구호를 외치다가
빨갱이로 몰려
쫓겨나고

내게 공장은 집사람 만나게 해준 은인
늦은 나이 대학원까지 가게 해준 고마운 놈
빨갱이 소리까지 듣게 해준 원수 같은 놈

공장은 자본주의 세상을 찍어내는 공장
일률적인 모양을 대량으로 생산
기계적인 세상을 만들어가는 공장

자본의 각진 모양을 거부하면
고문관이라 손가락질하는 공장

감시의 눈초리를 모른 척 눈감아야 했던 공장

동기들이 출근하는 정문
복직을 외쳐야 하는 공장
돌아갈 수 있으리라 꿈꾸는 공장
지긋지긋한 공장
그래도 그리운 공장

인간을 찍어내는 지구라는 공장
신이라는 공장장이 떡 하니 버티고 있는
공장

(『시산맥』 2021년 겨울호)

노동자로 성실하게 살아온 작품의 화자는 "사십 넘어 운동판에 뛰어들어 머리띠"를 둘렀다. 회사의 모순을 알게 되어 개선하려고 용기를 가지고 나선 것이다. 그렇지만 사용자는 자신의 이익 창출에 방해가 된다고 화자의 요구를 수용하지 않았다. 결국 화자는 "구호를 외치다가/빨갱이로 몰려/쫓겨"났고, 동료들이 출근하는 정문에 서서 "복직을 외쳐야" 했다.

이와 같은 상황에서 화자는 자신과 함께한 공장을 생각해본다. "집사람 만나게 해준 은인"이고, "늦은 나이 대학원까지 가게 해준 고마운 놈"이다. 그러면서도 "빨갱이 소리까지 듣게 해준 원수 같은 놈"이다. 또한 "자본주의 세상을 찍어내는" 놈이고, "일률적인 모양을 대량으로 생산"해 기계적인 세상을 만드는 놈이고, 그리고 "자본의 각진 모양을 거부하면/고문관이라 손가락질하"는 놈이다. 의식주를 해결해주고, 자아를 실현시켜 주면서, 노동 생산 과정은 물론 노동 생산물로부터 소외시키는 놈이다.

이렇듯 공장은 화자와 뗄 수 없는 공동운명체이다. 그리하여 지긋지긋한 공장을 그리워하고, 돌아갈 수 있다는 꿈을 버리지 않고 있다. 공장이 삶의 전부인 노동자들에게 노동조합이 필요한 이유이다. (c)

second hand

조용우

다른 것을 입고 싶어서
시장에서 오래된 코트를 사 입었다

안주머니에 손을 넣자
다른 나라 말이 적힌 쪽지가 나왔다
누런 종이에 검고 반듯한 글씨가 여전히 선명했고

양파 다섯, 감자 작은 것으로, 밀가루, 오일(가장 싼 것), 달걀 한 판, 사과주스, 요거트, 구름, 구름들

이라고 친구는 읽어줬다
코트가 죽은 이의 것일지도 모른다며
모르는 사람의 옷은 꺼림칙하다고도 했다

먹고사는 일은 어디든 비슷하구나 하고 웃으며
구름은 무슨 뜻인지 물었다

구름은 그냥 구름이라고
친구는 답했다

돌아가는 길에
모르는 사람이 오래전에

사려고 했던 것들을 입으로 외워가면서

어디로 간 것일까
그는

여전히 조용하고 따듯한 코트를 버려두고
이 모든 것을 살뜰히 접어 여기 안쪽에 넣어두고

왜 나는 모르는 사람이
아닌 것일까

같은 말들이
반복해서 시장을 통과할 때

상점으로 들어가 그것들을 하나씩 바구니에 담아 넣을 수 있다
부엌 식탁에 앉아 시큼하기만 한 요거트를 맛있게 떠먹을 수도 있다

오늘 저녁식사로 할 수 있는 것들을 떠올리면서
놀라운 것이 일어나고 있다고 느끼면서

구름들
바깥에서 이곳을 무르게 둘러싸고서 매일

단지 다른 구름으로 떠오는

그러한 것들을 이미
일어난 일처럼 지나쳐 걷는다

주머니 속에 남아 있는
이름들을 하나씩 만지작거리면서 나는

오고 있다

(『자음과모음』 2021년 여름호)

이 시는 한 번 읽고 나서 두 번째 읽을 때 놀라운 경험을 하게 된다. 처음 읽을 때는 시장에서 산 오래된 코트에서 식료품 목록을 적은 종이를 발견한 이야기를 읽게 된다. 그런데 시의 마지막 문장 "오고 있다"에서 이상한 기미를 느끼며 다시 첫 문장으로 돌아오면 "다른 것을 입고 싶어서"가 전혀 다른 의미로 다가오기 시작한다. 다른 옷이 아니라 '다른 존재'를 입고 싶다는, '나 아닌 사람' 또는 '내가 모르는 나'로 살아보고 싶다는 이야기가 읽히기 시작하는 것이다. 안주머니에서 나온 "다른 나라 말이 적힌 쪽지"는 알지 못하는 누군가의 은밀한 내면 같다. 번역해보면 "먹고사는 일은 어디든 비슷하구나" 웃게 되지만, 쪽지에 적힌 이름들로 할 수 있는 것들을 떠올리면 "놀라운 것이 일어나고 있다고 느끼"게 된다. 다른 것을 입고 다른 사람으로 살아가게 될 일상을 "이미/일어난 일처럼 지나쳐" 걸을 때 나는 다른 사람인 것만 같은 느낌이 들 것이다. 아주 일상적인 식료품 목록 끝에 붙어 있는 "구름, 구름들"이라는 이질적인 단어처럼 "바깥에서 이곳을 무르게 둘러싸고서 매일/단지 다른 구름으로 떠오는" 가능성들에 대해 시인은 말하고 있는 것 같다. "왜 나는 모르는 사람이/아닌 것일까"라는 질문은 우리에게 이상한 상실감과 서늘한 기대를 불러일으킨다. "주머니 속에 남아 있는/이름들"은 혹시 모르는 사람인 나의 이름들이 아닐까. 그러니까 "오고 있다"라는 마지막 문장은 그 이름들의 가능성인 내가 막 도착하려 한다는 예감인 것이다. (a)

넓어지는 세계

주민현

종이컵에 커피가 말라붙은 모양
지진의 기원에 대해 생각해

세상을 바꾸는 건
작고 미세한 균열, 균열들

우리는 파편적이고 어긋난 말들을 모아
우리의 언어로 말하네

천오백 년대에는
머리 긴 여자들이 모두 마녀라 불렸대

마녀의 이야기는 인간의 언어가 아니어서
모두 매장되었지

그럼 나는 귀신같이
설명되지 않을 만큼 긴 머리카락을 하고
발목까지 오는 붉은 옷을 입고 걸어갈 거야

세상은 계속 복잡하고 어지러울 거란다
그렇다고 세상이 변화하지 않는 것도 아니란다

아이에게 말해주는 할머니가 되어
따뜻한 양파 수프를 먹을 것이다

커다란 나무가 있던 자리의 텅 빈
느낌

지진이 갈라놓은 땅 위에 텐트를 치고

양궁과 테니스 선수의
머리카락 길이와 여성스러운 복장에 대하여

항의하는 뉴스를 본다

나는 내 머리카락의 정치적 함의에 대해
이해받고 싶지 않고

양파, 동그란 두상
양파, 숏컷의 역사
양파, 위로 자라나는 싹

겹겹이 포개어지는 얼굴들같이

넓어지는 세계 속으로
뭉근하게 다이빙하면

좋은 양파란
무르지 않고 껍질이 바삭거리며 선명한 것

그건 마치 좋은 인간에 대한 이야기로 들려서
나는 좋은 양파가 되고 싶다

그럴 때 양파는
자신을 껴안은 모양새로 발굴된 사람의 뼈

공원을 지나 체육공원에 도착하면

저마다 다른 복장을 하고 테니스와
탁구를 치는 사람들이 있다

누가 버린 만두에서 개미들이 솟아오르고

만두에게는 만두의 이야기가
개미에게는 개미의 이야기가 있겠지

인간에게는 너무나
인간의 마음, 인간의 이야기만이 있네

인간의 말들을 넘어서는 지점을 향해 우리는 쓴다

말을 하는 동안 자꾸만 지진이 땅을 가르며
새로운 지형과 개체가 생겨난다

돋보기를 땅바닥에 대고 들여다본다
개미의 이야기를 듣고 싶어서

풀숲에서 이름 모를 벌레들이 계속 증식하고 있다

(『파란』 2021년 겨울호)

우리는 파편적이고 어긋난 말들을 모아
우리의 언어로 말하네

이 시는 "세상을 바꾸는" "작고 미세한 균열"들에 대한 이야기이다. 세상이 총체적이고 완벽한 단 하나의 덩어리로 이루어져 있다는 믿음은 예부터 "머리 긴 여자들"을 마녀라 부르고 최근까지도 "머리카락의 정치적 함의"를 논평하고 "인간의 마음, 인간의 이야기", 그것도 일부 인간의 이야기만 승인해왔다. "마녀의 이야기는 인간의 언어가 아니어서", "만두의 이야기"나 "개미의 이야기"도 인간의 언어가 아니어서 배제된다. 화자는 이 폭력적이고 편향된 세계관에 균열을 내기 위해 "파편적이고 어긋난 말들을 모아/우리의 언어로" 말하겠다고, "인간의 말들을 넘어서는 지점을 향해" 쓰겠다고 말한다. 이것은 이전 세계와의 싸움이 아니라 양파처럼 "겹겹이 포개어지는 얼굴들"로, "좋은 양파"처럼 무르지 않고 바삭거리며 선명하게, 정말 "좋은 양파"처럼 자기 자신을 껴안고 "넓어지는 세계 속으로/뭉근하게" 뛰어드는 일이다. 너무 뜨겁지 않게, 무언가를 희생시키는 열정 없이, 은근하고 꾸준하게 "작고 미세한 균열"들을 만들어가는 일. 그리하여 세계는 깨지고 부서져 해체되는 것이 아니라 "새로운 지형과 개체가 생겨"나 넓어지고 풍부해지고 달라지는 것이다. "풀숲에서 이름 모를 벌레들이 계속 증식하고 있다"는 것은 이 놀랍고도 엄청난 세상의 지진이 가장 하찮고 알려지지 않은 존재들의 작은 움직임에서 이미 시작되고 있다는 것을 보여준다. (a)

잡초들

차성환

잡초가 자라길 기다린다 잡초는 풀색이고 잡초는 쓸모없고 잡초는 잡풀 잡것 쓰레기 잡다하니 마구 자란다 꽃도 없이 번식한다 뿌리가 땅을 휘감는다 먹는다 배고프다 차지한다 있다 그냥 있다 뿌리로 악착같이 땅을 붙잡고 기다린다 무엇을 기다리는지도 모르고 기다린다 비를 기다리고 천둥을 기다리고 잡초를 기다린다 또 다른 잡초를 기다린다 잡초가 잡초를 복제하고 잡초가 잡초를 배신하고 잡초가 잡초를 잡아먹고 잡초는 자란다 죽어서도 자라고 살아서도 자라고 잡초만 남을 때까지 진저리치는 잡초들 거들떠보지도 않는 잡초들 글자를 지우고 지우는 잡초들 거꾸러져도 자란다 잡초만 남을 때까지 잡초는 자란다 죽은 줄 알았다가 뒤돌아보면 다시 자란다 죽어서도 자란다 자라면서 죽는다 없다가도 있다가 있다가도 없다 잡초들 멍청한 잡초들 잡초를 기다린다 실패한 잡초들 맹렬한 잡초들

(『현대시』 2021년 10월호)

멍청한 잡초들 잡초를 기다린다
실패한 잡초들 맹렬한 잡초들

“낮에 저주받을 것이며 밤에 저주받을 것이다 잠잘 때 저주받고 일어날 때 저주받으리라”는 말은 스피노자가 유대인 공동체에서 파문당했을 때 받은 파문 선언문의 일부다. 그는 자신의 철학적 신념을 굽히지 않아 파문되었다. 시인은 이처럼 규범적 일상으로부터 파문된다. 그는 그렇게 스스로 저주하고 저주받는다. 시를 선택한 대가로 그는 편안하게 살 수 있는 온실이나 정원에서 추방된다. 그는 정해진 온도와 습도가 늘 유지되는 따뜻하고 풍요로운 곳에서 보기 좋은 모습으로 자라나기를 기대 받는 온실, 정원의 삶과 거리를 두며 살아간다. 관상용으로 키워지거나 값을 매겨 판매될 수 있는 식물이 되기를 거부하며 그는 ‘잡초’가 되기로 한다. 잡초는 세상에서 인정받지 못한다. “잡초는 풀색이고 잡초는 쓸모없고 잡초는 잡풀 잡것 쓰레기 잡다하니 마구 자란다”. 세속적 가치로 환산할 수 있는 성과로만 평가를 받는 세상에서 “꽃도 없이 번식”하는 잡초는 쓸모없어 보인다. 그러나 잡초는 세상의 냉랭한 무관심 속에서도 끝없이 무성하게 자라난다. “죽어서도 자라고 살아서도 자라고 잡초만 남을 때까지 진저리치는 잡초들 거들떠보지도 않는 잡초들 글자를 지우고 지우는 잡초들 거꾸러져도 자란다”는 구절은 잡초의 강력한 생명력을 보여준다. 잡초는 쓸모가 없기 때문에 포장되지 않고, 화려한 꽃으로 눈길을 끄는 다른 식물들의 뒷전에서 “악착같이 땅을 붙잡고” 세상을 왜곡되지 않은 눈으로 바라볼 수 있다. 김현 평론가가 “우리가 익히 아는 경험적 현실의 구조 뒤에 숨어 있는, 안 보이는 현실의 구조를 밝히는 자리”라고 했던 바로 그 곳이, “맹렬한 잡초들”의 자리다. (b)

죽은 사진이 산 사람을 옮기고

천수호

이미 죽은 얼굴

꽃 사이에 피는 것이 화낼 일은 아니어서
뜨거운 돌을 쥔 표정들

모래에 묻힌 것처럼 서서히 얼굴을 돌려
한 번씩 들여다보면서

팔순이 넘은 그녀들이
자신의 초상 사진 하나씩을 껴안고
돌아가고 있다

천천히 어디선가 다시 모일 것처럼
경로당에서 단체로 찍은 영정사진

웃는 입술 속에 웃음을 끌어다 파묻고
예감도 어수선한 어젯밤 꿈길을
가다가 서서 소매 끝으로 한 번씩 얼굴을 긁어보면서

두 손에 마른 흙을 바르며
죽은 사진이 산 사람을 옮기고 있다

돌기둥에 기댔다가 풀숲 위에 얹었다가

들었다가 놓았다가
몇 발짝만 더 떼면 모두 한 곳에 모일 수 있는
유리로 포장한 얼굴들

(『시와 시학』 2021년 가을호)

두 손에 마른 흙을 바르며
죽은 사진이 산 사람을 옮기고 있다

가장 잘 나온 모습의, 밝은 표정의 영정사진을 보면 쓸쓸한 마음이 들곤 한다. 영정사진 안의 얼굴들은 평온해 보인다. "유리로 포장한 얼굴들"이기 때문이다. 이 시 속에서는 경로당에서 단체로 영정사진을 찍고 "팔순이 넘은 그녀들이/자신의 초상 사진 하나씩을 껴안고/돌아가고 있"는 풍경을 포착한다. "천천히 어디선가 다시 모일 것처럼" 보이는 사진들은 슬프다. 한 사람의 생은 결코 사진 한 장으로 요약될 수 없다. 한 사람의 "뜨거운 돌을 쥔 표정들"을 영정사진에 표현할 수는 없으며 "죽은 사진이 산 사람을 옮기고 있다"는 구절은 이러한 깨달음에 기인한 것이다. 영정사진은 누군가의 삶에 있었던 다양한 모습들을 누락하고 있기 때문에 '죽은 사진'처럼 느껴진다. 어떤 사건도, 배경도, 감정도 들어 있지 않은 사진이다. 한 사람의 죽음을 증명하기 위한 사진일 뿐이다. 그러나 시는 초상 사진을 안고 돌아가는 사람들의 모습을 자세히 바라보며 그들의 살아 있는 표정과 행동을 담는다. "몇 발짝만 더 떼면 모두 한 곳에 모일 수 있"을 죽음 이후의 시간을 상상한다. 존 버거는 문학인이 '죽음의 서기(書記)'라고 했는데, 필멸의 존재로 계속해서 영원을 탐구하는 자이기 때문이다. "웃는 입술 속에 웃음을 끌어다 파묻고/예감도 어수선한 어젯밤 꿈길을/가다가 서"다 하는 사람들의 마음자리를 시인은 담아낼 수 있다. (b)

컨베이어

최지인

자유로에서 파주출판도시로 빠져나갈 때
우리가 벌써 삼십 대가 되었고
변하지 않은 것은 과거뿐이라는 걸 알았다

친구를 태우고
식당에서 만둣국을 먹는 동안
시답지 않은 농담을 주고받았다
어느새
바닥이 보였다

필로티 주차장에
차를 세워두고
그게 무엇이었든
영원하길 바라던 때는
지났다

대기 발령 중인 친구는
잠이 오지 않는다며 물류센터에 나가 일했다
거대한 컨베이어 벨트 앞에
서서
물건들을 분류했다

나는 곧 잘릴 것이다

해야 할 일을 완수하지 못했기 때문에

사라질 것이다
더 이상 슬픔은 없다

그동안 무얼 했는데?

사실 저는 일 말고 다른 것을 좋아했습니다.

무대에 선 친구가 기타를 치며 노래했다

유명해지거나
가난해지거나
우리에겐 선택지가 없네
너희는 처음부터 알고 있었겠지
하루 열여섯 시간
여섯 명의 몫을 하기에 우리는
벌써 늙어버렸네

일하고
일하고
사랑을 하고
끝끝내

살아간다는 것을
들것에 실려 나가기 전에

알고 있었던 것
비정규직의 정규직 전환을 반대하는 건 정규직이라는 사실 하고 싶지 않은 일은 보상이 적다는 사실 한 번 일자리를 잃은 이는 계속해서 자리를 잃게 될 거라는 사실

아스팔트에 쓰러진 운전자와 찌그러진 범퍼 앞에서 전화하는 운전자와 옆으로 누운 오토바이를 피해 서행하는 운전자

혼자 남은 나에게
혼자 남은 너에게

산 자의 얼굴을 들여다보며

아무것도 하지 않은 것에 대하여

나는

(『푸른사상』 2021년 겨울호)

우리에겐 선택지가 없네
너희는 처음부터 알고 있었겠지

파편화된 개인들 사이의 대립과 반목이 극심해지는 시대다. 공통성, 공동성을 파괴하는 신자유주의의 기획은 사람들을 서서히 분열시켜왔고, 연대의 가능성은 점점 더 희박해지고 있다. 일상화된 스마트폰과 소셜미디어가 주변 사람들에 대한 관심을 빼앗아갔고 익명의 공간에 떠도는 분노와 종족주의가 점점 강화되었다. 최근의 코로나 사태는 사람들 간의 거리를 더욱 멀게 만드는 데 기여했다. 우리는 그 어느 때보다 혼자일뿐더러, 일터에서도 외롭게 일한다. 플랫폼을 매개로 '언제', '어디서나', '자유롭게' 일할 수 있는 사람들을 연결해주는 플랫폼 노동은 노동의 탈장소화를 초래했다. 비정규직의 증가와 플랫폼 노동의 확산은 노동을 개별화시키고 노동자의 사회적 관계를 단절시킨다. 플랫폼 노동 과정에서는 연대를 생성할 수 있는 가능성 자체가 소실된다.

시 속에는 플랫폼 노동에 속하는 물류센터 노동자, 오토바이 배달 노동자가 등장한다. 고용안정성이 없는 비정규노동자들은 요구된 실적을 다 채우지 못할 경우 언제든지 해고될 수 있다. "나는 곧 잘릴 것이다/해야 할 일을 완수하지 못했기 때문에//사라질 것이다/더 이상 슬픔은 없다/그동안 무얼 했는데?"라는 시 속의 독백은 서늘하다. 시적 화자는 자신이 하는 일에 의미를 둘 수 없고, 일자리를 잃어버린다는 사실에도 별다른 감정을 느끼지 못할 정도로 무감각해져 있다. 의미 없는 일은 그만둘 때도 여전히 무의미하다. 동료들도, 일의 의미도, 안정성도, 미래도 없는 일을 하고 있는 한 젊은이가 자문한다. "그동안 무얼 했는데?"라고. 그는 "벌써 늙어버렸네"라는 깊은 피로를 느낀다. 그는 더 이상 "혼자 남은 나에게/혼자 남은 너에게//아무것도 하지 않은 것에 대하여" 제대로 슬퍼할 수조차 없다. 평화란 타협이 아니라 체념으로 얻는 것이라고, 세상이 그에게 이미 가르친 것이다. 그러나 우리는 이 시를 읽으며 슬픔을 상실한 누군가를 위하여 슬퍼할 수 있다. 그 순간 얼굴 없던 이들은 '산 자의 얼굴'을 되찾을 것이다. 그때 우리는 과연 무엇을 할 수 있을까. 이 시는 그런 질문을 무겁게 남긴다. (b)

여기 혀가 있어요

한영희

축축한 집에 살아요

햇살이 그리워 머리를 내밀어보지만 다시 돌아가야 하죠

집을 나와 막춤을 추다 의사에게 끌려간 적도 있어요

갈치조림을 먹은 날은 개수대에서 바다 냄새가 나요

거품 속을 헤엄치는 지느러미를 본 듯도 하네요

침으로 도배를 마친 천장은 사계절 젖어 있어요

흐린 눈을 위해 노래를 불러주었어요.

박하사탕을 즐기는 나는 과거를 빨아먹고

꼬리를 자르고 다음 계단을 향해 가요

해가 쨍한 날이면 구름 지도를 검색하고

눈만 깜박거릴 때가 많지요

여기 혀가 있어요

통제구역에서 혼자 살아요

가끔은 사상범처럼 붉어져요

쓸데없이 근육이 단단해지는 일은 없어요

(『다층』 2021년 여름호)

햇살이 그리워 머리를 내밀어보지만
다시 돌아가야 하죠

"혀"는 입안의 아래쪽에 붙어 있는 신체기관으로 음식의 맛을 구별하고 씹고 삼키는 구실을 한다. 위의 작품에서 "축축한 집에 살아요"라거나, "햇살이 그리워 머리를 내밀어보지만 다시 돌아가야 하죠"와 같은 목소리는 혀의 모습을 여실하게 보여준다. "집을 나와 막춤을 추다 의사에게 끌려간 적도 있어요"라거나, "갈치조림을 먹은 날은 개수대에서 바다 냄새가 나요"라는 목소리도 마찬가지이다.

그런데 "여기 혀가 있어요//통제구역에서 혼자 살아요"라는 목소리는 긴장감을 준다. "가끔은 사상범처럼 붉어져요"에서는 더욱 그러하다. 사회적으로 통제구역에서 살아가는 사람들이 떠올려지는 것이다. 사상 문제로 통제받는 존재가 엄연한 것이 우리 사회의 현주소이다. "여기 혀가 있어요"라는 목소리가 아프게 들린다. (c)

청력 검사

허 연

1.
모든 게 꿈이었으면 했다

사실 진지해지기 위해선
동시에 두 가지 일을 하면 안 되는데

(좀 어둡죠?
소리가 커지거나
작아지면 손으로 버튼을 누르세요)

귀에 신경 쓰다가 손을 잊고
손에 신경 쓰다가 귀를 잊고

2.
요즘 누군가가 내 귀에 대고
나쁜 노래를 불렀던게 분명해
소리가 사라지면

말도 없고 색깔도 없고
분노도 없는 것

심해를 헤엄치는 듯한

겸손이 나를 지배하는 시간

숨어 있는 멍자국처럼
내 청력은 현실보다 몇 배는 어둡다

3.
가정은 현실이 아니라지만

낙원을 꿈꾸는 나는
살아날 가망 없는
시든 과일을 따버리고 싶었다

해결되지 않을
무시무시한 질문을 만나고 온 날

(『문학사상』 2021년 6월호)

숨어 있는 멍자국처럼
내 청력은 현실보다 몇 배는 어둡다

몸의 기관이 예전처럼 작동하지 않는 문제를 겪으며 자신을 돌아보게 되는 것은 누구에게나 일어날 수 있는 일이다. 직접적인 문제의 원인이 따로 있을 수도 있겠지만, 그간 살아온 방식을 탓해보거나("동시에 두 가지 일을 하면 안 되는데") 알 수 없는 누군가를 탓해보기도("요즘 누군가가 내 귀에 대고" 부른 "나쁜 노래") 하는 게 사람의 마음이리라. 청력 검사를 하려면 소리에 대한 귀의 반응을 버튼으로 알려줘야 하는데 귀와 손의 조응이 생각처럼 쉽지 않다. 화자는 하나에 신경을 쓰느라 다른 하나를 놓치는 상황에서 지나온 삶의 양상을 떠올린다. "동시에 두 가지 일을" 하느라 진지하게 살지 못했다는 것은 뼈아픈 성찰이기도 하지만, 갑자기 찾아온 불행에 "겸손이 나를 지배하는 시간"을 맞이했기 때문일 수도 있다. "소리가 사라"졌는데 다른 모든 감각과 감정이 사라지는 것 같은 느낌은 '귀가 어둡다'라는 관용구가 얼마나 적확한 것인지를 알려준다. "내 청력은 현실보다 몇 배는 어둡"고 "심해를 헤엄치는 듯한" 내 마음은 청력보다 몇 배는 더 어두울 것이다. "모든 게 꿈이었으면" 하는 소망과 "가정은 현실이 아니"라는 직시 사이에서 절망과 희망은 팽팽하게 줄다리기를 한다. "살아날 가망 없는/시든 과일"은 나빠진 청력일 수도, 후회되는 과거일 수도, 생기 잃은 현실일 수도 있지만, 그것이 무엇이든 내 마음대로 따버릴 수 있는 것이 아니라 끝까지 안고 가야 하는 "무시무시한 질문"인 것만은 분명하다. (a)

발신

홍일표

멀리 안개 뒤에서 개가 컹컹 짖는다
개는 보이지 않고
귀만 점점 커진다

소리를 만진다
몸으로 만지는 소리에는 거친 까시래기가 있다
울퉁불퉁한 흉터도 있다

눈앞에 없는 개가 점점 자란다
하느님만큼 커진다

컹컹 짖을 때마다 허공이 조금씩 찢어진다
틈새로 얼핏 보일 듯도 한데
보이지 않는다
개는 죽어서 돌아오지 않는
열일곱 살 봄날 같다

강가에 서 있던 내가 지워진다
안개 저편에서 누가 내 목소리로 부르는 것 같다
그가 나를 살고 있는 것 같다

그가 꾸고 있는 기나긴 꿈의 한 모퉁이

잠시 피었다 지는 개망초 근처에 내 발자국이 있다

저만치서 낡은 신발 한 짝 물고 흰 강아지가 오고 있다
안개가 숨어서 몰래 낳은 아이 같다

(『파란』 2021년 여름호)

그가 꾸고 있는 기나긴 꿈의 한 모퉁이
잠시 피었다 지는 개망초 근처에 내 발자국이 있다

안개에 가려 모든 시야가 사라진다면 다른 감각들이 살아날 것이고 평소와는 다른 경험이 가능해질 것이다. 이 시는 안개 속에서 마주한 비일상적 세계에서의 경험을 펼쳐 보인다. 보이지 않는 개의 짖는 소리만 들릴 때 소리에 집중하며 존재를 상상하는 행위를, 시인은 “소리를 만진다”라고 표현한다. 보이지 않기 때문에 “거친 까시래기”와 “울퉁불퉁한 흉터”가 만져지고 눈앞에 없기 때문에 오히려 “점점 자란다”. 소리의 촉진을 통해 자라난 개는 “죽어서 돌아오지 않는/열일곱 살 봄날”을 불러낸다. 이렇게 소리로 지어진 안개의 나라에서 이제 현실의 내가 지워지기 시작한다. “안개 저편에서” “나를 살고 있는 것 같은” 누군가의 목소리가 들려오면 나는 “그가 꾸고 있는 기나긴 꿈”속을 거니는 산책자가 아닌가 싶다. 그의 꿈속에는 “내 발자국”이 있고 어쩌면 열일곱 살 봄날 잃어버렸는지 모를 “낡은 신발 한 짝”이 있다. 그걸 물고 오는 “흰 강아지”는 현실에서 짖던 보이지 않는 개의 먼 옛날인 것도 같다. 이 시에서는 안개 속 현실의 세계와 안개 저편 꿈의 세계가 뫼비우스의 띠처럼 이어져 있다. 시인은 서로 닿을 수 없는 세계, 서로에게 보이지 않는 세계를 소리로 연결하여 시간을 건너고 존재를 가로질러 교신하게 한다. 그러니까 제목 ‘발신’은 저 머나먼 과거라는 꿈속으로 소식을 보내는 것(發信)이자 몸을 보내는 것(發身), “안개가 숨어서 몰래 낳은 아이”를 만나러 가는 것이다. ⒜

천국행 눈사람

황유원

눈사람 인구는 급감한 지 오래인데
밖에서 뛰놀던 그 많던 아이들도
급감한 건 마찬가지
눈사람에서 사람을 빼면 그냥
눈만 남고
그래서 얼마 전 눈이 왔을 때
집 앞 동네 놀이터
이제는 흙이 하나도 없는 이상한 동네 놀이터에서
아이들이 만들어놓은 눈사람을 봤을 때
그건 이상하게 감동적이었고
그러나 그 눈사람은
예전에 알던 눈사람과는 조금 다르게 생긴
거의 기를 쓰고 눈사람이 되어보려는 눈덩이에 가까웠고
떨어져 나간 사람을 다시 불러 모아보려는 새하얀 외침에 가까웠고
그건 퇴화한 눈사람이었고
눈사람으로서는 신인류 비슷한 것이었고
눈사람은 이제 잊혀가고 있다는 사실 자체였다
눈사람에서 사람을 빼고 남은 눈이
녹고 있는 놀이터
사람이 없어질 거란 생각보다
사람이 없으면 눈사람도 없을 거란 생각이
놀이터를 더욱 적막하게 만들지만
한 가지 확실한 사실은

눈사람은 아무 미련 없다는 거
눈사람은 녹아가면서도
자신을 만들어준 사람의 기억을 품고 있고
이번 생은 그걸로 충분하다고 생각하고 있고
어쩌면 그런 생각만이 영영 무구하다는 거
사람이 천국에 가는 게 아니라
눈과 사람의 합산
오직 사람이 만들어낸 눈사람만이
천국에 간다는 거

(『릿터』 2021년 12/2022년 1월호)

오직 사람이 만들어낸 눈사람만이
천국에 간다는 거

이 시에서 '사람'과 '눈사람'의 관계는 묘하다. "눈사람에서 사람을 빼면/그냥 눈만 남"으니 사람이 없으면 눈사람도 없는 것 같다. 하지만 "사람이 없어질 거란 생각보다/사람이 없으면 눈사람도 없을 거란 생각이/놀이터를 더욱 적막하게 만"드는 것을 보면 눈사람 없는 사람은 무언가 부족한 것 같다. 그러니까 눈사람은 이 세상에 꼭 있어야 하는 것, 그러나 최근 급감하고 있는 것, 사람이 만들어낸 것인데 잊히고 사라지고 있는 것, 어쩌다 보게 되면 "이상하게 감동적"인 것이다. 시인은 '눈사람'이라는 단어로 사람은 사람인데 우리가 기대하고 바라고 감동하고 원하는 사람, 사람이라면 이래야 한다고 생각하는 바로 그 사람, 요즘에는 사람다운 사람이 없다고 말할 때의 그 사람을 지시하고 있는 것은 아닐까? '사람'이라는 단어가 너무 낡고 타락해서, 예전에 통용되던 의미로 '사람'을 말하려면 '눈사람' 같은 신선한 단어가 필요하다고 생각한 것은 아닐까? 시인은 천국에 가려면 '사람'으로는 안 되고 "눈과 사람의 합산", "오직 사람이 만들어낸 눈사람"이어야 한다고 말한다. "눈사람 인구"가 급감하면서 지금 여기에는 "거의 기를 쓰고 눈사람이 되어보려는 눈덩이"나 "떨어져 나간 사람을 다시 불러 모아보려는 새하얀 외침"만이 있을 뿐이다. 퇴화한 사람에 결합될 수 있는 '눈'의 가능성, 녹아 없어지고 더럽혀지기 쉽지만 기를 쓰고 되어보려는 눈사람의 가능성, "영영 무구"한 생각으로 천국에 갈 수 있는 "천국행 눈사람"을 시인은 기다리고 있다. (a)

동자동, 2020 겨울

황인숙

고요한 밤이었다
후암시장 초입이었다
오랫동안 임대되지 않은 빈 가게 앞
진열대의 스테인리스 상판에
사료 봉지니 햇반 그릇이니 물통을 늘어놓고
내가 늦은 건가 이른 건가
아직 오지 않은 고양이 생각을 하면서
고양이 밥을 꾸려 담고 있었다
이름 모를 이여
어쩌면 이름이 필요 없을 이여
나는 당신 얼굴을 제대로 보지도 않았으니
얼굴도 없는 이여
인기척에 돌아보니 당신이 비죽이 웃으면서
"좋은 거 담아 선물하세요"라고 했던가
"선물이에요. 좋은 데 쓰세요"라고 했던가
내게 은행 현금봉투 몇 장을 내밀었다
나는 "고맙습니다"라고 한 뒤 더 할 말이 없는 채
얼른 시선을 돌리고 은행 현금봉투를 만지작거렸고
그 짧은 사이 당신은 할 말이 남은 듯 머뭇대다가
시장 안쪽으로 걸음을 옮겼다
시장을 지나면 쪽방촌이 나올 것이었다

당신은 흐린 구름 같은 잠바를 입고 있었다

당신이 차마 꺼내지 못한 수척한 말을
나는 알아챘어야 했다
당신이 그것밖에 줄 게 없어서
'WON하는대로
우리WON뱅크'
은행 현금봉투 몇 장을 줬을 때
나는 답례를 했어야 했다

우리은행 현금봉투 여섯 장
구김 없이 말끔했으니
당신은 그 얼마 전에 우리은행 동자동 지점
ATM 창구에 들렀을 테다
추위를 피해 더위를 피해 간간
사람들을 피해 한밤에나 들렀을 거기

친구도 없고 가족도 없고
없는 게 많을 당신
통장도 신용카드도 없을 당신
환하게 불 밝혀진
텅 빈 ATM 창구에서
현금봉투를 챙기는 당신을 떠올려본다
뭘 원해야 할지도 모를 것 같은

당신의 슬픈 경제

은행을 나와서 후암시장까지
고깃집횟집장어구이집국수가게만두가게차칸치킨치킨센터
다닥다닥 늘어선 나지막한 건물들
9시가 한참 전에 지났으니
불 꺼져 어두컴컴했을 테다
어떤 식당에서는 당신에게
착한 한 끼를 건네기도 했을지 모르는데

그 밤에 당신이 너무 배가 고팠으면
나는 어쩌면 좋은가
우리은행, 이제 내게 예사롭지 않네
외롭고 낮고 쓸쓸한
당신, 우리

(『창작과비평』 2021년 봄호)

외롭고 낮고 쓸쓸한
당신, 우리

시의 제목에서 곧바로 김승옥의 소설 「서울, 1964년 겨울」이 떠오른다. 소설과 달리 이 시에는 두 명의 인물이 등장한다. 길고양이 밥을 챙겨주고 있는 화자와 그런 나에게 은행 현금봉투를 선물로 건네는 당신. 갑자기 나타나 선물을 주고 머뭇거리던 당신과의 짧은 만남 이후 그가 "차마 꺼내지 못한 수척한 말"을 뒤늦게 알아챈 화자는 당황하고 있다. 쪽방촌을 향해 가던 당신의 뒷모습에서 친구도, 가족도, "통장도 신용카드도 없을 당신"의 사정, "뭘 원해야 할지도 모를 것 같은/당신의 슬픈 경제"를 떠올려본다. "없는 게 많을 당신"이 자신의 인생과는 맺어진 적 없는 은행의 ATM 창구에서 현금봉투를 구해 시도했던, 그러나 실패한 슬픈 거래. 그것밖에 줄 게 없었던 당신은 나름대로 선물과 답례의 절차를 마련했던 것이다. "답례를 했어야 했다"는 화자의 후회는 "그 밤에 당신이 너무 배가 고팠으면/나는 어쩌면 좋은가"라는 자책의 고통으로 이어진다. 하지만 2020년 춥고 어두컴컴한 겨울밤의 우연한 만남은 1964년의 만남처럼 비참하게 끝나지는 않을 것 같다. 이 도시에는 카드를 넣으면 현금을 내어주는 ATM 기계만 있는 것이 아니라 "흐린 구름 같은 잠바를 입고" 봉투를 선물하면 사정껏 답례를 해주는 "우리은행", 서로의 슬픈 경제를 짐작하는 "외롭고 낮고 쓸쓸한/당신, 우리"의 경제가 있을 수 있기 때문이다. 가난하고 외로웠던 식민지 시대 시인 백석의 "외롭고 높고 쓸쓸한" 정신이 아니더라도 2020년 동자동의 시인과 고양이와 당신들은 "외롭고 낮고 쓸쓸한" 곳에서 서로를 돌보며 무탈하게 살아갈 것이다. (a)

왼쪽은 창문 오른쪽은 문

황인찬

기억 속 교실은 하나같이
왼쪽은 창문 오른쪽은 문

너는 항상 왼쪽 창가
그 너머가 빛

머리가 큰 천사가 둥둥 떠 있고
미사일과 운석이 격돌하는 장면

그런 장면은 내 기억엔 없지만
왼쪽은 창문 오른쪽은 문

그러나 이런 기억은 있었다

교실 뒷문을 반쯤 연 채
창가에 앉은 너를 하염없이 쳐다만 보던 날
빛을 받은 너의 목덜미가 너무 하얘서 혼자 놀랐던

그것이 나의 처음이었고

당신의 시에는 현실이 없군요
현실에는 당신이 없는데요

창밖으로 보이는 것은 그냥 흰빛뿐이지만
그 이상이 없다는 것은 이미 잘 알지만

왼쪽은 창문 오른쪽은 문
죽은 사람이나 왼쪽으로 걷는 거라고 누가 소리 지르고 있었다

(『현대문학』 2021년 5월호)

당신의 시에는 현실이 없군요
현실에는 당신이 없는데요

"왼쪽은 창문 오른쪽은 문", 정말 그렇다. 아마도 남쪽으로 창문을 낸 교실들을 일렬로 나열하고 모든 교실로 들어갈 수 있는 연결 복도를 북쪽에 배치한 획일화된 건물 설계 때문일 것이다. 그러거나 말거나 "왼쪽은 창문 오른쪽은 문", 우리는 대개 그런 비슷한 규격 속에서 자랐던 것이다. 하지만 정해진 규칙과 표준 속에 놓여 있었다고 생각과 감정과 취향까지 표준화되는 것은 아니어서 각자의 기억은 다르다. 기억이 다르다고 틀린 것은 아니다. "미사일과 운석이 격돌하는 장면"을 보았다는 게 아니니까, "빛을 받은 너의 목덜미가 너무 하얘서 혼자 놀랐던" 기억이 선명하다는 것이니까. 그것은 "나의 처음"이었으므로 구체적이고 진실된 기억이다. 물론 항상 왼쪽 창가에 앉아서 빛을 받던 너와 교실 뒷문에서 바라보던 나의 시선은 규격화된 건물 구조 안에서 이루어진 일이지만 그 놀라운 감정은 "미사일과 운석이 격돌하는 장면"보다 충격적인 것일 수 있다. 이 평범하고도 아름다운 감정은 왜 배제되어야 하는가. "당신의 시에는 현실이 없군요"라는 말은 자신이 경험하지 않았거나 이해하지 못한 것을 현실이 아니라고 말하는 폭력이고 "현실에는 당신이 없는데요"라는 말은 교실의 규칙에서 벗어난 존재를 존재가 아니라고 말하는 폭력이다. 왼쪽으로 걷는 사람을 죽은 사람 취급하는 폭력은 엄연한 현실을 현실이 아니라고 부정하는 억압의 논리에 닿아 있다. 화자가 "그 이상이 없다는 것은 이미 잘 알"고 있는 현실주의자가 된 이유는, 그 이상이 아닌 보통의 것을 포기하도록 강요받아 왔기 때문인지도 모른다. 이 시는 "나의 처음", 그러니까 기억이고 현실이고 삶이고 존재인 모든 것의 기원을 부정당한 사람들에 대한 이야기인 것이다. (a)

2022 오늘의 좋은 시

초판 1쇄 인쇄 · 2022년 3월 10일
초판 1쇄 발행 · 2022년 3월 16일

엮은이 · 오연경, 김지윤, 맹문재
펴낸이 · 한봉숙
펴낸곳 · 푸른사상사

주간 · 맹문재 | 편집 · 지순이 | 교정 · 김수란, 노현정 | 마케팅 · 한정규
등록 · 1999년 7월 8일 제2-2876호
주소 · 경기도 파주시 회동길 337-16(서패동 470-6)
대표전화 · 031) 955-9111(2) | 팩시밀리 · 031) 955-9114
이메일 · prun21c@hanmail.net / prunsasang@naver.com
홈페이지 · http://www.prun21c.com

ISBN 979-11-308-1900-6 03810

값 16,500원

2022
오늘의
좋은
시